綠櫻桃

徐國能

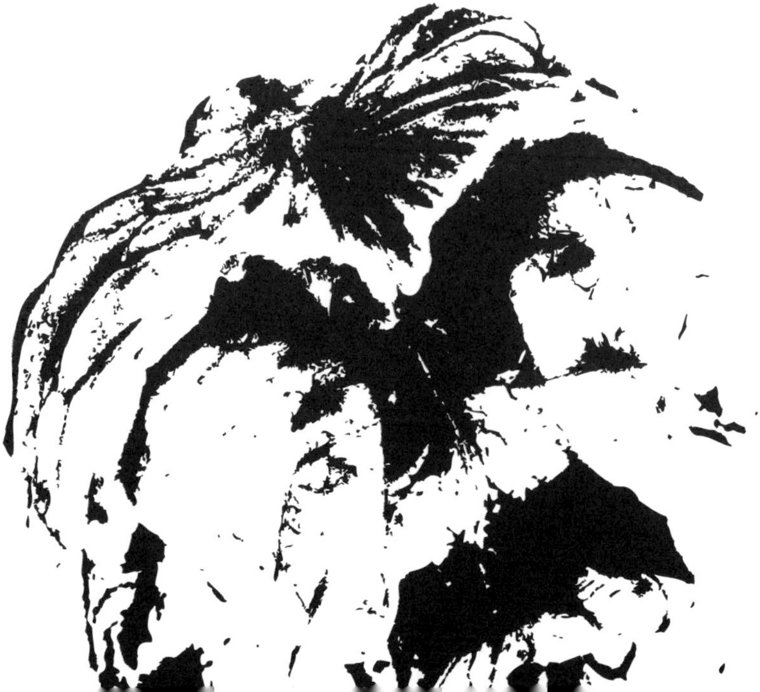

爲自己也爲你寫的

——照相簿裡的少年與其時間

鍾文音

幽默的國能，內裡實傷懷，打底的是詩，遙遠的老夢，像照相簿裡的少年憶往，勾起往事的生動形象。

少年，女孩，制服，文學，寂寞……，青春傷懷，照相簿裡多了少年時不存在的妻子與女兒，詩的牧神歡唱，所有的香氛撒落，忍冬樹也有合歡的野性。

時序移往，文學依在。徐國能的書寫，有如在黃昏裡拉開的一幕幕文戲，老生的外表下，拉開嗓子唱的卻是少年春曲，揚起的沙土雖滾滿紅塵的泥，卻烙印著甜美清新的氣息。

少年國能，我們未能參與的，卻在這本書裡目睹和他錯失的光景。

有一回國能說，讀者會迷戀於我這樣的寫作者，卻不會著迷於他（或僅止於讚美與欣賞，卻不是迷戀式的），然此書卻是走出一個立體的國能，寂寞傷感式的覺察者，悄然地魅力四射，拉著細小幽微的感情絲線，把被時光借走的故事片段，重新置回到原地。猶然青春的他跟我們揮揮手，在字裡行間吐露難得的詩芒，令人掩卷也想壯遊他的天地。

一切都要雲散嗎？一切都要煙滅嗎？

沙漠只要一丁雨水就生機盎然，徐國能的制式生活裡亦然，他出入古今，出入學校與家庭，一丁點文學的詩意撫慰，就活脫唱躍如少年。

所以不言雲散也不談煙滅的。

因為晚秋的花亦美，它被夾進書頁即是封印。暮冬的火焰也暖，雙手將時光灰燼抹在臉上，就跳出現愛情的結局：有了妻，有了女。

舊時的東海之美，在其筆尖拉開的時間軸線是有了生命的同行者：髮妻。

親愛的妻子，多不像徐國能之語，卻是如此抒情，如此真摯。

他在書裡想人生，想文學，想髮妻，想小女，拾回一些青春的廢料碎片。時光被兌換了，少年長大了。於是把童年留給筆墨，把小小孩的衣服轉給女兒，他是一個父親，一個在夜燈下將往事打撈上岸，欲訴過去衷曲給未來，徬徨於等待及擔憂離去的日子已然不再。

在多雨的冬季，我從徐國能出發，終至抵達壯麗的抒情之海。一路在他那滿含詩語的雨中前進，微微的潮濕與甜蜜的暈眩，他向我們展開靜默如愛的海灣。

全心傾聽他——沾著露珠的馨甜與清寂文字，和他一起歷歷風塵往事，殘簷斜照的孤影之後，是一個新生的開闊中年。

在青春的懸崖上，讀徐國能，有如愛上一棵孤立的昏黃松樹，松音隨風細細貫耳，卻是雷霆萬鈞。

因為他讓我們相信，用文字拖住黑暗，用文字榮耀時間，幸福是必然來到的。

他玩笑地叮囑我別寫長，我想也是，因為其本身已是如此美好，何須我言。

綠櫻桃

（自序）

那是許久以前的事了，一個深沉的院落在黃昏時點滿了燈火，許多陌生的親戚盛裝來到，我也穿了新衣，隨大人們一同來參加這聚會。多少無聊的寒喧，多少的恭賀與祝詞，大書櫃的玻璃反映著滿室輝煌，一切人聲衣香在光影迷離中若遠若近，似真似幻。

最讓我感到興味的，是那張深色柚木桌上，一尊銑金的獎座，頂端塑了軍人的姿態，下端鐫刻了文藝獎的字樣，據說今夜大家就是為了慶賀它而來到的。獲獎的長輩端起獎座，美國回來的舅舅拍了幾張照片，我的注意力轉至旁邊白紙盒裡的大蛋糕。揭開圓而深的盒蓋，那鮮奶油雕花的表面，依次綴了紅綠櫻桃與黑棗乾、杏桃片，每個人都分到了一塊，就像分享了一些獲獎的喜悦；可惜，我的蛋糕上沒有我所期待，那漬成幽綠的櫻桃。

那是什麼樣的滋味呢？

我離開了童年，帶著紙、筆和對世界的憧憬，踏上了陌生的旅途，期待著也許可以在哪裡找到那顆綠櫻桃而終於明白一種滋味，甚或在那近於四季繁華，或樂音深沉的意境中得著人生長久的寧適與完滿。如今我得到了許多，亦失去了不少，權衡兩者，餘下的僅是原本空白的紙上寫滿文字，而且大多數的字句，我都不記得是在寫什麼了。

不久之前，經過一家舊式的鋪子，櫥窗裡的蛋糕上仍按昨日風華相間綴飾著紅綠櫻桃，我不覺想起那個夜晚，想起了每一次的離開，每一次的到來；恍若鄉愁，想起了我因為什麼而寫下的篇章——

這樣的悲傷，像一顆童年的綠櫻桃
我雨中的道路緩緩地，緩緩地

成了灰色的黃昏
那靜靜依靠著我的女孩
也像一顆綠櫻桃，在昨天的夢裡
我們讀完了一首很長的詩
一首足以讓夜走進心中，並沉默的詩
足以破碎，也足以完滿的詩
臺階，池水，或是一些行人的影子，
緩緩地，總是
緩緩地告訴我
時間的秘密——

輕聲、再輕聲
讓那糖水漬過的幸福此刻是如此甜膩
且輕含著

一個漩渦的片刻
併肩卻沉沒的片刻　啊
（就像一個漫無目的卻又十分在意的愛情，
　那時我並不了解）
一個成爲回憶，而且徒然的
片刻

徐國能

民國一〇一年，冬，臺北

目錄

輯一

輯二

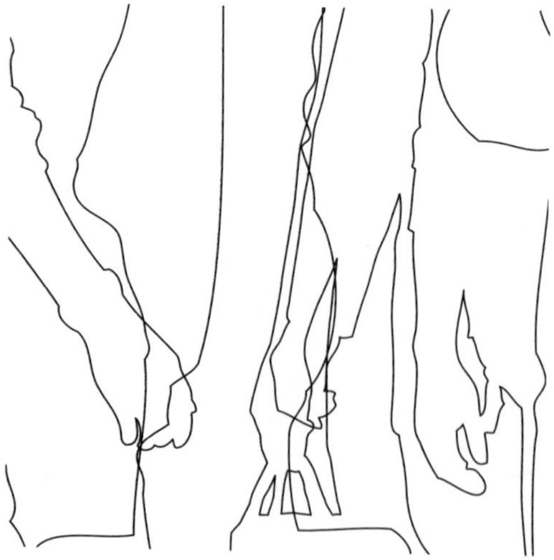

輯三

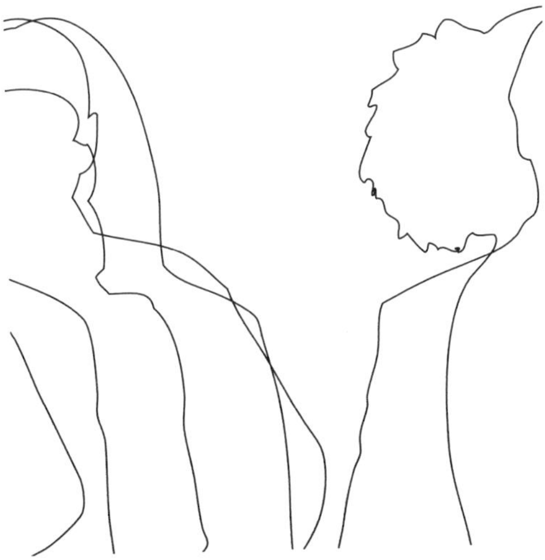

輯四

輯一

夕照樓隨筆

夕照樓

小室一無所有。向西的一列窗，中午以前總透入靜默的灰藍；中午以後，金色便豐沛起來。黃昏時，夕陽踩過窗外一片低矮平房的屋脊與我晤面，要我感受祂那無言疲憊中的一點蒼茫、一點慈愛。

長日將盡，得勝的日子輝煌凱歸，高樓燈火比星群更早亮起。白晝的背影漸遠，總勾起無端冥思，小木桌上的公事潦草地暫時結束，沒有驚喜也不曾意外的一日，應該不會被任何人記得。

生活與工作務實且重複，我也成了一枚契合良好齒輪，公轉送走春草，自轉迎來黃昏，爲每一次的相遇悄悄動心，亦在必然的別離中懂得忘情。臨屆中年，無可與人言者，說「萬事不關心」是假的，說「慨然有澄清之志」亦是假的。眞正的憂患正是此刻，在餘暉中感到天地以其緘默，輕輕撫過那些盲動、卑微的生命使其安歇，而我也身在其中。

山外青山樓外樓，人間縱使蕭瑟，也定有另一處的繁華。故我打算記下此樓心事，也許留給另一座青山的小樓，留給他年另一次黃昏的獨醒人。或者只是留給自己，夜幕時分，在心的明滅處寄存一行辨不清的字跡。

蜜蜂垂死的夏日——讀許拜維艾爾（Jules Supervielle，一八八四—一九六〇）漫想

樹倒下了……

詩人說：

找吧，找吧，鳥兒們，
在那崇高的紀念裏，
你們的巢在什麼地方？

像一個古代的波斯詩人，可以在噴泉或金鳶花叢中慢慢構思作品，在蜜釀的酒邊或風輕輕掀動的紗帳下考量一個修辭術，那將是多麼地幸福。我走到這靜謐的花園，榕樹、杜鵑這些常見的南國植栽在豔陽下默默領受這一季的暴虐，唯牆旁的欖仁樹下十分陰涼，仰望藍天無痕的午后，夏日像一首延伸到無盡遠處的清歌，由寂靜泠泠悠唱。

在那陰涼的樹蔭下，一隻蜜蜂垂死，牠已仰臥於黃土地上，偶爾奮力地振動翅膀，但牠已無法飛行，只徒勞地在地上轉了一圈，隨即沉靜下來。反覆數回以後，牠慢慢不動，細小的手蜷曲，若為自己的將亡做最後禱告：仁慈的父啊！請洗淨我那生之煩憂，帶領我卑微的靈魂到祢永恆的座前。

觀察許久，我想給牠幾滴清水，這樣對牠或可有一些安慰，但那無疑是可笑的；轉念想一腳碾死牠，讓牠少受落於塵沙的苦楚，但天空是那樣的清澈美好，滿園芳草飄香，也許牠的複眼還流連金陽裏那神奇的光譜，牠小小的心還在搏動，還期待著一次飛行……。於是我只能靜靜陪著牠，面對明亮盛夏的小小死亡。

據聞，近年在歐美、澳洲及中國等地，某種神祕的原因讓放蜂人的蜜蜂不再歸巢，造成了養蜂場的蜜蜂大量減少。我不知這頭野蜂是不是遇到相同的問題，（傳染病、地磁偏移、農藥濫用、水源污染、外星人……），是文明或末世的預言讓這小生命迷失，還是牠自然地走到生命該窮盡之處。我想起了那首愛蜜莉的短詩：

如果我能讓受傷的知更鳥安返牠的巢
此生便不再虛空
但我不知道蜂巢何在。

陽光從葉隙間一點一點的灑下來，微風之時，地上若有流金。現在才七月，秋天還很遙遠，冬天還在遙遠的更遠處，爲什麼小小的蜜蜂便即死去呢？花園裏繁花正簇擁著盛放的生命，蜜蜂應當奮力採蜜，助其受粉、孕育，然後生生不息，直至於恆永。但什麼是恆永呢？所謂：完善的盡頭是無盡；那是指一首印象殘缺的詩，卻也是永駐我心深處的夏日時光。但疲倦的盡頭便是死亡，牠是否已倦於日日的勞苦、倦於炎熱的陽光、倦於蜂巢的稠密、倦於生……。夏日垂死的蜜蜂，無論世界如何燦亮，牠終究是要陷入冗長的黑暗了，像換好禮服，竟聞死神輕聲叩門的騎士，無論世間還有多少盛宴，多少酒杯，從此再也沒有一隻手爲他而舉起。

死亡顯得悲哀，是因其本身的寂寞，還是對世間太過繁華的想念？

靜靜注視著這個小生命輕微地掙扎，慢慢地死去，世界並沒有改變什麼，口渴的依舊口渴，等待的還在等待。但我忽然感受到陽光如此熾亮，而陰暗處卻躲藏了那長長的一列，背著鐮刀、已不耐煩等待收穫的隊伍。許拜維艾爾的詩裏說有個人總是將手掠過燭火，以確信自己還活著；但有一天，燭火依然，他卻已藏起了自己的手。

我伸出雙手，讓他們在地上形成各種形狀的陰影，我用這個陰影覆蓋已無動靜的蜜蜂，像一片黑雲……。此刻，我突然想喝一點冰涼的酒，聽一曲激昂的馬祖卡舞曲，或是讓細沙一樣的情感流到我的心中，讓木然許久的心爲狂喜、哀慟、憫然、悒鬱這些情緒所深深佔有，在樹還沒有倒下以前。

此刻——肉身還屬於我，靈魂還屬於我。

牧神曲——春日散步讀康明思（E.E. Cummings，一八九四—一九六二）〈天眞之歌〉

春日在靜定中悠長，在回首間短暫。當世界偶然闃寂，春日便來到我的心中，藉由窗前新嫩的芽葉、碧綠的樹影、天外鳥語、一些沉默的往事。其實，應該是我走到春天裏去，最好是困倦的午后，走到一條溪流旁，青青河畔草，春日本來要在水邊，才能領略屬於她的明亮潔淨以及喚起思慕的遙遠他方；來到水邊，才能領略流動的倒影是那樣柔和，風亦用那溫和的手撫過草尖搖動的寂寞。

此時紅塵已遠，只聞隱隱市聲，那是每個人都曾踟躕的街角，都曾凝望的高樓，應被透明水彩淡淡繪成的人生遠了，此處只有一條小溪，一段矮堤，一些在遠處運動的人，漸漸轉爲夕照的悲哀。我多想在此躺下，

「說水聲淙淙是一項難掩的記憶，我只能讓它寫在駐足的雲朵之上了。」

但我應該忘卻楊牧，我應該順著夕陽的微光走到更深處去。

總遺憾這樣的時刻被我蹉跎，總是想著什麼，卻亦無能去完成些什麼。或許春日就是這樣，我只能順著那青草坡走，感受「日暮天無雲，春風扇微和」，老先生說，那樣的胸懷是可想像的。我無法想像，我只感受到一切都已安置於適當的位置上，都已涵蘊了生長與完滿的自我條件，既不多餘什麼，亦不匱缺什麼。我走在那些欣欣的輝光裏，感到世界融洽如低緩的絃歌，讓心不知不覺與之默默應和。

唯我想起了那遙遠的牧神，春的神祇，愛酒嗜色的薩悌（Satyr）。那在密林裏一閃即逝的羊角，那留在軟泥上的羊蹄印痕。在春風使所有亡靈甦醒的時刻，牧神是否孤獨於繁花，又沉鬱於林野新鮮的烈芬？美的追求、愛的追求，還是欲望的追求？那屬於所有人的原質，在春日的林間隱現，像一首天眞的歌，喚起了多少鄉愁。「艾迪和比爾扔下了玻璃珠和海盜遊戲跑來，蓓蒂和伊麗莎白丟下跳繩和跳格子舞蹈而來。」春日是那賣氣球的跛足老人的哨音，是伴隨著牠偶然露出的羊蹄漸遠而渺的詩篇。

春日已經深濃，由原野向遠處的文明瀰漫而去。黃昏的散步是可記憶的，在黑夜之前，風已微涼。城市的華燈點亮，我當執起妻女的手，爲她們拉上防風的夾克，隱沒於仍帶涼意的夜色，隱沒於這樣平凡的一次漫遊。但那潮濕而迷離的春日將歸往何處，那已失去山林曠野的牧神將歸往何處？我彷彿見牠蹀躞於太過文明的都會，在衣香鬢影觥籌交錯的宴會裏獨飲暗紫的酒，在燈火黝暗的舞臺上扮演萬年前的自己，在靡麗的櫥窗中凝視那些繾綣的愛侶，在一棵盛放的櫻樹下獨自跳那古異的舞蹈，於是整條街便有了生命與死亡。

欲望的春日真使人煩惱，不是因爲豔陽的邀約或花事紛擾，而是那不安於寂靜的躁動，以及走在繁華喧囂裏莫名興起的深鬱。我恐怕那是那牧神遙遠的召喚，在無盡的春日呼喚你生命當如青草一般滋長，當如牠的舞蹈那樣放肆。原始而熟悉，甜蜜又哀傷，春日的汁液濃郁，一飲便讓人不禁回到了少年，那樣的青澀，那樣的孤獨——湧滿內心的是對人世強烈的嚮往、充滿嘗試的欲望卻不知該往何方追求的剎那。彷彿有一個羊蹄老人販賣的紫色氣球飄過微雨的市街，向遠方而去。寂寞的青春，那時，我曾推開窗，山霧像潮水般淹沒我；那時，我曾在牧神隱約的笛聲中，愛過，死過。

花落

早晨夢醒，廣播喃喃低語，在搖蕩的人間，如潮濕的霧，如上帝微弱的慈悲，緩緩修補夢境殘破的輪廓，讓意志凝爲一滴清露，從睡眠的葉片墜向生活之沼，破碎。

都在說些什麼呢？

馬勒第四號交響曲第四樂章獨唱詩集〈天國生活〉，溫暖喜悅；黃金價格持續上漲，美元則跌，歐洲股市一片慘綠；在青山綠水間擁有獨棟別墅，十五分鐘到信義計畫區，享受遠離塵世的城市生活；賀某某汽車在臺銷售達二百萬輛推出優惠到本月底，即日起……舒曼歌曲集，海涅《詩人之戀》：「在美麗的五月，蓓蕾初綻，我願傾訴我的渴慕，我的惆悵……」農地FTA電腦名人驟逝職棒總冠軍。

我多想翻身再睡去，雖這世界已迎來晨曦。近在咫尺而又遠若天涯，今日種種：會議、評鑑、大綱、一則隱身的資料、檢索、討論、撰寫，找回遺失的，遺失擁有的。數日、數月、數年埋下的一些因，今日將要收成一些果，酸苦或甜膩並不一定。我必須起身，生活的潮汐已淹到呼吸之下。

忽然想起往日的往日，睜開雙眼，關心的是昨夜風雨還是階前落花呢？那些現今看來的微不足道，無論是朦朧的愛情還是小小的眞理，年輕的心卻是那樣愼重地對待它們。能憂愁風雨竟是清純的幸福，而我曾自由簡單的心，今朝終於謝落在這樣一個紛亂的秋天清晨。生命的落花在一個並沒有人稍稍念想的剎那裏沉默了，獨窗外一隻迷路在都市裏的野鳥，還不斷提醒我：曾經、曾經……。

湯

嚴冬寒夜，只想喝一碗湯。

在秋末熟成的南瓜，切碎後拌入洋蔥、迷迭香、肉桂、海鹽與橄欖油一起蒸熟、燉爛，再調入牛奶，上桌時放一杓特製的Mascarpone乳酪冰淇淋，那就是一碗帶著夏日金黃的南瓜湯了。或是準備一個大魚頭，用玫瑰鹽醃一下放到鍋裏煎香，會入滾水後一起倒入熬著老豆腐湯鑊，小火悶著，黃酒蔥薑隨意適量，最好有個小砂鍋盛起來奶白的魚湯，圍在燈下就是幸福。

小時候的湯是生活的即興，熱水沖的紫菜湯打個蛋滾開是一種滋味，吃完水餃喝一碗剛才煮餃子清湯，淡淡的也有暖意。有時家裏忽然慎重起來，揉了麵團扯成了麵丁，還要打一鍋用火腿、肉絲、蛋、香菇、荸薺末、筍絲芶芡的湯頭，將小麵丁擀平一燴便是一道貓耳朵，又香又彈，終身難忘。

其實「湯」只是滾水，不一定喝，泡澡是它的本義，喝的應該說是「羹」較切。話說杜甫有一回舉家逃難，在荒山野嶺狼狽數日，終在一個夜裏到了故人孫宰的寨子，孫先生招待大詩人是先煮了熱湯——「煖湯濯我足」詩人特別這麼記載，那自腳底穴道竄入全身的熱量，消除了疲勞，感動了詩心，詩人永生感懷。

所有的湯都在夜裏的一盞燈下緩緩冒著熱氣，是一句亙古溫柔的慰問，足抵三千年冰霜的寒冬。

櫻桃心

每個人都是一顆櫻桃……

如果你將櫻桃含在口中，爽快啖去飽實的果肉，最後那堅硬的核，便光滑地留在你的舌尖了。這時不必急著將它吐棄，慢慢地把硬核放在臼齒間磨咬，當它碎裂開一個細縫，一種前所未有的酸甘將佈滿整個口中，那是眞正難忘的櫻桃滋味。

智利詩人鮑伯勒・聶魯達（一九〇四—一九七三）就曾如此詢問：

「櫻桃核心的甜味，爲何如此堅硬？是因爲終須一死，還是必須繁衍？」

許多時刻，死亡甜美，但這終不能被任何人輕易得之與品嘗。又或繁衍神聖，那珍重的契機應被最妥善地安全保管；不過無論如何，吃櫻桃時還必須作此哲學思考是很惱人的。

近來我都將一些瓜果的籽往盆栽的泥土裏丟，有些竟也抽芽茁壯，綠意盈盈。有時我想，人難道不是上天隨意散佈的種子嗎？有些落在沃土，有些滅於鳥腹，我們有幸而成爲一眞正的個體，俯仰世間，一啄一飲，也眞因「生命」本身而顧盼自雄了。但在堅毅的生命外殼下，其實心中也有一股深刻的酸甘吧！如果有人輕輕嚙咬，你我流露的將是理解死亡的甜，還是執著於生命的酸呢？

發條

「發條」是很迷人的動力來源，沒有柴油或電力的時代，小小的金屬卷片吸收了來自於我們手指的做工，以其朝向鬆弛狀態過程所釋放的能量來帶動齒輪，完成一些簡單的工作。

發條有著相當古典的美感，不僅是它的動力結構，同時由發條所製造出來的物品與使用該物的人，都有深邃的氣質：穿著深墨條紋西服抬眼望倫敦塔鐘爲古董錶上發條的老紳士、坐在妝鏡前凝思看著音樂盒上芭蕾舞者旋轉的少女、趴在下午陰影的紫檀木地板上，孤獨地旋緊玩具車發條的小男童……。每個意象深沉如西班牙吉他伴奏下的遙遠歌謠，非常憂鬱迷人。

發條將自我和器物作了更緊密的連結，在「人」的觸碰、旋轉與感受之間，冰冷的器械即擁有了一個短暫的生命周期。停止在某一刻的手錶、靜定在塵埃中的音樂盒舞伶或失卻了發條匙的玩具車，那堅定等待的勢態彷彿暗示了其主人生命的質變，彷彿某種無言悲哀。

每夜，我疲倦地躺在床上，感覺自己是一個發條鬆弛的玩具，等待上帝用祂神祕的手指再次賦予我明日的生命。也許有一天，上帝遺忘了我，我便靜止在塵埃中，在永恆的時間中。

炭火

《張愛玲小說集》第一頁第一行就很成功：

炭起初是樹木，後來死了，現在，身子裏透過紅隱隱的火，又活過來，然而，活著，就快成灰了。它第一個生命是青綠色的，第二個是暗紅色的。

畫家手中作素描的炭筆，是用小柳枝去燒成的，在悶燒的窯裏脫去水份，排出焦油及氫化物，然後冷卻，包裝，傳到一隻善於構圖與分辨明暗的手裏，然後化成線條、色塊，然後被稱爲藝術，用另一種形式活下來。但是大多數的炭並沒有那麼幸運，它們最後大多投身爐火，以短暫的暗紅色來釋放那些年在山中在水濱所吸飽的陽光和氧氣，一小部份轉化爲熱能，其他的則成爲令人討厭的二氧或一氧化碳，煤灰等等，徹底散逸、死亡，還有什麼比炭更悲壯的嗎？

我素惡烤肉，卻喜歡兩樣炭烤出來的食物：燒餅與地瓜。

烤地瓜是冬日裏最好的事，向街角老人買來用電話簿黃紙包著的地瓜，揣在懷裏走回家，人生便有了溫暖。烤熟的地瓜似泥似漿，入口即融，淡淡的甜意迴旋婉轉，妙不可言。

炭烤燒餅更是我不能忘懷的老古滋味。金黃的麥子磨成了麵粉，和飽了黃油和鹽，在炭火緩緩的溫度中成熟，如果，啊，如果那木炭是黃荊木燒的，那我便會想起一支荊釵，想起妻子柔柔的秀髮，想起那詩：「他拾來的松枝不夠燃燒，他要去了我的髮，我的脊骨……。」如果那木炭是用相思木燒的，我便想起大度山上，西來海風放牧的相思樹林和我的年輕。如果是龍眼木燒成的炭，那就是一個相當遙遠的，充滿蟬聲的童年記憶。於是剝開燒餅，氤氳著千萬年以來的溫熱與氣息，土地的豐饒是最耐咀嚼的歌，那是炭烤燒餅最深邃的魂靈。

瓦斯爐太臭、微波爐太快、電磁爐太假，任何炊具都比不上一只紅泥小火爐，爐中慢條斯理的炭火。烹茶、烤餅或是煨地瓜。我總不明白，是什麼樣的生命，才能在成爲灰燼之前還如此從容與溫暖呢？

深藏

童年印象，總是不能沒有老屋。

雖然我生長的年歲正是臺北推倒平房而樓宇競日拔高的時代，但我的印象老屋卻至今保存得相當完好，甚至，日新又新。那棟老屋，便是紫藤廬。

紫藤廬現在佔有臺灣第一處市定古蹟之名，或許，對很多人而言，他有著深刻的民主的意義，也有觀光客視它爲臺北茶文化的代表，而當代的知識份子，在此地的演說與展演，總是讓它文化的燈火永遠熒亮。不過，對我來說，風流彙萃的紫藤廬乃是我童年時代，日日上學途中所經過的一爿老屋，素樸的灰牆似乎永遠隱藏著某種深邃，引領我對世界有著一份遙想。

「廬」是一個嫻雅的字，隱約、恬淡、謙沖而安適，它沒有「寓」那麼流離，「居」那麼清高；也沒有「亭」那麼蕭然，「閣」那麼危仄。現在，我偶爾來到它的窗前，就著綠蔭品一盅清茶，隨意翻讀幾頁閒書，讓自己短暫地融入並貪享那古老的清幽，這樣的老屋讓時光塵止，爭馳之心彷彿也隨風而默，同茶梗一起慢慢沉入杯底。

繁華的春日與疏朗的秋天都在這樣的窗前流過，我不記得我是如何跨過兒時的童騃而坐在這裏滿懷心事。很多時候，便眞覺這樣的小園、這樣的流水、這樣的坐姿與這樣的剎那是人生最終的嚮往了，但遺憾總有一個擾攘的廛市尚在待我歸去，零亂的棋局總待收拾。或許這就是孩提時所不能明瞭的、深藏在園屋之中的人生風景吧！

倘若這時竟有小學生從門邊經過，我總不禁要想起那樣的句子：流光容易把人拋；倘這時一片碩大的碧葉正迎風招展，誰又要喟嘆：紅了櫻桃，綠了芭蕉？

里爾克的秋日

秋天是怎麼來的？

炎夏的行跡並未遲疑，臺北九月，風雨過後，高樓的玻璃牆仍閃耀著熠熠金光，萬里無雲的深處，還是那動人心弦的悠悠湛藍。廣場上的噴泉，水光瀲灩著沁心的涼，薰風所向之處，夏日仍舊以其暴力統治著朗朗乾坤。

然而在靜默時，我發現了午后投射在地上的樓影似乎淡了一些，原本明確的輪廓模糊了起來，我想起里爾克，他說：

主啊！時候到了，夏日曾如此豐美

將你的深影投向日晷

讓狂風吹過荒野

是的，當我坐車在高速公路上飛馳，越過大甲溪，河床上的蘆荻，也就在風裏搖曳成一片波浪，暮色晚照，一些悲哀也就那樣靜駐在秋色塗滿的心底。

秋天是怎麼來的？我不知道是誰在夜裏吹白了露水，在霧裏散播了桂花香。每一個略爲遲到的清晨，都是一個上學的好天氣；每一次提早落下的黃昏，都有令人沉醉的晚霞。但夜風裏的涼意日漸加深，遠方隱約傳來那古老的歌曲：〈夏日最後的玫瑰〉，低沉哀怨，流連不捨的嘆息，也就是此刻風的況味。當秋天以西北西的方向一點一點逼進心的邊緣，我們難免要想起草木搖落、人間何世的戚戚。如果你不喜歡那古來文人蕭瑟的悲秋情懷，在楓丹白露的時刻吟〈秋興八首〉；那麼，到市集去吧，里爾克說：

令最後的果實成熟

再給他們兩日南方的炎熱
催促它們圓潤飽滿，使那
晚來的甜香，沉入濃鬱的酒

而我多想飲一杯新釀的水果酒。在半透明的色澤裏品嘗青春的芬芳，盛夏的甘醇。就像我年輕的日子，飽含了陽光，風和雨水，大地以其神祕的儀式，終於使生命走向以所有的果肉來孕育一枚種子的心境。我想飲一杯韶光的夜露，藉那冰涼，使初臨的夜緩慢悠長；使秋天的星，輝映於心底的金色年華，誰與誰早已相忘於江湖？

秋天曾經屬於屈原、曾經屬於杜甫和李商隱，但此時秋天屬於里爾克。因爲我的秋天就這樣來了，在我開窗夜讀里爾克的時候，在行過校園剛剛開學的匆促裏，無端想起里爾克的時候；在學童下課的人潮喧譁中感到疲倦，感到孤獨如里爾克的時候：

此際誰無居所，便不必再建築
此際誰處幽獨，便隨他恆永孤寂吧！

秋天並不言語，只是來到。所有夾進書裏的秋葉最後都只賸葉脈可尋，所有的葉脈都曾經有過往昔，想過心事。秋天在所有人無言的心事裏來到，暗示我生命原是隨興如浮雲，卻又深刻如鐵鑄般無可撼動。然而我又想做一點什麼，在撿拾一片帶雨黃葉的片刻，那名之曰「徒然」的掙扎，於是我一再翻讀里爾克：

就醒著、讀者；寫那長信
就讓他低徊在林蔭的小徑
走入落葉紛紛

註：里爾克，Rainer Maria Rilke，一八七五——一九二六，德語詩人，文中引詩爲其名作〈秋日〉（Herbsttag）。

牆

走過

批閱聯考的卷子，在「走過」的命題下，學生的字跡不斷向我傾訴他們有限的生命裏，走過一條河，走過一棵老樹，走過童年的三合院，走過巷口夕陽中的小吃店，走過校園廢樓的青春，甚至走過歷史中黃州的清風明月、岳陽樓上的憂國懷君，年輕的生命彷彿也有了王謝堂前的況味，說的都是已然不在的曾經，剎那遠逝的人生。我一面閱讀，思緒也一面漫遊在童年的時空裏，我發現對我而言，讓我走過並充滿回憶的地方並不是一棟具體的建物，而總是一堵蒼灰的泥牆。

灰色的水泥牆並不高聳，卻也帶有峻拒的冷肅，牆頭插滿了碎玻璃，我知道那是用來防盜，也暗示了牆的後面是不可看不可知不可想的世界，綿綿無盡而無可突破。再沒有比「牆」更鮮明的意象讓我詮釋「走過」這樣的命題，我的童年就奔跑在這些由矮牆構成的巷弄中，曲曲折折，相連互通，像一篇複雜的文本難以鳥瞰，也像一個暑假般神祕漫長而總有無盡的探索；午後的鋼琴聲，黃昏的油煙味，夜裏不知名的花香樹香，那些踰越圍牆的吉光片羽，都能激發我窺探的欲望與無盡臆測的狂想。

少年初讀顧城的詩，〈小巷〉：

小巷
又彎又長
沒有門

沒有窗
我拿把舊鑰匙
敲著厚厚的牆

爲那貼近於記憶的感受而深深震懾。空有鑰匙，卻無門鎖可以打開，有牆而無法踰越，那種苦悶，原來是所有青少年都深深領略過的。

隨著年歲漸長，院牆巷弄在不知不覺中成了新的高樓，但那片牆，以及由牆所構成的巷道卻始終留在我的心底。我漸漸明白牆裏的世界都寫在一本本精裝或平裝的書中，有些哀戚卑瑣像白先勇的〈金大奶奶〉；有些則明媚荒涼如〈牡丹亭〉。歡樂趣，離別苦，那是所有的牆所有的院所有的藝術所共通的主題，一堵牆所阻隔的，並不是人間的命運，而是懂得那命運帶著如何滋味的時間。

流年輪轉，也許有一天我發現自己恍然已在牆內，活成一則荒唐的故事，正也默默參與了嫣紅姹紫的繁華，空梁落燕泥的寂寞。

哭牆

那是一種亡國的悲哀嗎？

猶太人來到斷垣底下，誦經、吟歌、禱告並哭泣，幾千年過去了，他們還賸下一堵石牆，該感到慶幸，還是該感到可哀。西元七〇年，羅馬人夷平了猶太人耶路撒冷的聖殿，卻留下了這片石牆，宣示了統治者權力的無限強大，去取存亡，端憑她的恩施，藉此喻示被統治者要小心地侍奉羅馬人，據說，羅馬人殺害猶太人超過一百萬。於是一個滿懷悲戚的民族便有了一面哭牆，他們流了兩千年的淚水。哭牆是亡國者的宿命，就像那首傳唱多年的以色列民謠〈多那多那〉（Donna Donna）中馴服地被宰殺的小牛一樣，對於死亡，牠並沒有聞問的權利。

也許所有被迫流亡的民族裏都有一面哭牆，可以聚集所有族人一同流淚。那面風吹日曬石牆保留了些許昔日的光輝，讓人緬懷承平歲月；也銘刻著歷史傷痛，教後人不時奮起。站在耶路撒冷的哭牆下，所有的人均感到渺小，那無關乎信仰，而是親眼目睹並親手觸摸了一個巨大的歷史命運使然，那堵牆並非石砌，而是磊之以亡國之痛，死亡的靈魂化為一塊塊磚石，讓苦難的淚水將他們凝結，千年離散的嘆息則投射為大地上的陰影，只有鴿子靜靜諦聽。這些使我們由然洞澈了人類，在千年萬年的歷史中，多少以正義之名踏踩他人的可怖可哀，多少以理想之名自尊自妄可恨可歎。

黃昏時分，巷子底端傳來生澀的胡琴聲，依稀的曲調彷彿是〈長城謠〉。那也許曾是老一輩長者心中的哭牆吧！戰亂的砲聲與流離的哭喊在太平歲月中漸遠漸淡，如今在蒼茫的夕陽裏，只賸下幽幽的曲調，帶著一些走音的滑稽，一些不確定，慢慢碎在風中。

五陵無樹起秋風

據說德國幾年前以七萬五千歐元爲底價拍賣殘存的幾段柏林圍牆，而且買主的前提是不得破壞及改裝這些歷史遺跡。這是個有趣的點子，那些留在柏林的斷垣殘壁是活生生的歷史，記錄了人類可笑可哀的妄念愚行，讓人記取一個教訓：愈是義正辭嚴的治國理想，愈是爲國爲民的政治服務，到頭來反而都是一段荒謬絕倫馬戲表演，樂在其中的是從無自知的政客，荼毒貽害的卻是千萬人子。

在古典詩的傳統裏，「詠史」與「懷古」是兩個貌似而神異的主題，「詠史」偏向闡述歷史事件或歷史人物的過程與影響；而懷古則是著重歷史遺跡給人的興廢滄桑，進而思索生命與存在的渺茫感。中晚唐懷古詩特別發達，也許是帝國頹敗的陰影，讓從未想到毀滅與死亡的唐朝人也開始藉由歷史遺跡來認眞面對這個主題。其中讓我感慨尤深的是杜牧的〈登樂遊原〉：「長空澹澹孤鳥沒，萬古銷沉向此中。看取漢家何事業，五陵無樹起秋風。」歷史最是教人感傷，鴻圖霸業，英雄美人，在時間裏轉眼都成了黃土，都成了秋風，那麼我們渺小的人生，究竟還賸下什麼具體的追尋意義呢？

有人以石碑鐫刻彪炳的功業，有人以銅像留存永恆的笑容，但即使是頑石金屬，在時間的面前與脆弱薄紙並無二致，輕易便化爲齏粉。尤其政治的陰險狡詐，沒有反駁能力的石碑銅像，正好成爲政客翻雲覆雨的好對象，韓愈作〈平淮西碑〉詠歌宰相裴度功勞，卻爲大將軍李愬所不滿，奸諂於上，終於將石碑拽倒磨平，重新撰文論功。時移事往，今日除了李商隱、蘇東坡的詩篇裏保存這段史事的風流，誰又在乎將相間的恩恩怨怨呢？

但人類從不放過藉由審判歷史來證明自我價值的機會，今日的臺北街頭，又爲了紀念堂的牆垣是否拆除引起爭論。蔣氏王朝的背影遠了，新朝權貴正忙著搭建屬於他們的榮華棟宇，鏤刻記載他們豐業的石碑。這些人間的癡與嗔，正如春日，繁華卻也瞬息！歷史從不爲自己辯解，卻總能證明她的無私。漫步在寬敞的廣場上，彤日白雲，萬里悠悠，念著「不見五陵豪傑墓，無花無酒鋤做田」的詩句，圍牆雖然還在，但彷彿已無法阻擋千年以來，涼風吹進歷史深處的瑟瑟縮縮。

書窗偶拾

少年讀書，如隙中窺月；
中年讀書，如庭中望月；
老年讀書，如臺上翫月。

——張潮．幽夢影——

一個寂寞的字

二〇〇一年，美國科技第一大廠惠普（HP）併購了康柏

（Compaq），負責這項業務的是惠普設立於德拉瓦州的「哀綠綺思公司」，起初，沒有人知道這家地處偏遠名字又奇怪的小公司在做些什麼，直到消息公佈，業界才恍然其中款曲。

「哀綠綺思謹以奴婢、女孩、妻室、妹妹，及一切卑下的恭敬的親愛的名義，寫這封信給她的阿伯拉，她的主上、她的父親、她的丈夫、她的哥哥……」每一封信的開頭，哀綠綺思小姐總是這麼說。

西元一一一四年，十九歲的法國少女哀綠綺思愛上了修道院裏才高學博的僧侶阿伯拉（Pierre Abelard），兩人在火裏擁抱，在水裏交纏。阿伯拉因此被教會驅逐、遭殺手暗算；哀綠綺思棄家私奔，祕密產子，通過了無數艱難，兩人終於比翼連理，死後合葬於巴黎拉色司墓園，至今爲人憑弔。如果現代的商業間諜，曾經讀過這段十二世紀時幽微而堅貞的愛情故事，那麼或許可以破解惠普總執行長菲歐麗娜女士的謎語，商場風雲，自當又有一番不同的崢嶸了。

少年時候懵懵懂懂地翻過梁實秋譯的《阿伯拉與哀綠綺思的情書》，

十解其一，據說梁氏初將他的翻譯刊登在月刊之時，對這束情書有著這樣的評語：「古今中外的情書，沒有一部比這個更爲沉痛、哀豔、悽慘、純潔、高尚的。」回憶過去讀書的感受，似乎沒有梁氏所說的如此強烈，也許那時並不明白愛情是怎麼一回事，又或許這樣的故事，應該讓徐志摩來翻譯才更精彩。事隔多年，惠普的「哀綠綺思公司」又勾起了我少年讀書的一些回憶，我不知道這些美國商人是懷有一份人文的執著還是愛情的憧憬。人面獅身的謎語在古代考倒了無數行旅沙漠的智者；這個謎一樣的公司，也用一則愛情的隱喻，騙過了縱橫捭闔的生意老手。只是總有一點莫名的感嘆，像愛情一樣的商業行爲固然浪漫，但愛情被拿來掩護商業行爲則令人憮然。

但當今文化就是如此，愛是一個氾濫的字，收音機裏的歌詞終日在傾訴愛的喜悅與苦惱，影視聲光裏所要傳達的也無非是愛的相關話題，我們總是如此善用與濫用愛這個字，無論是替自己的人生找到一個堂皇的理由；或是心虛地多賺一塊錢。因此愛也是一個不被理解而特別寂寞的字，總是在不經意間被無心地誤用或刻意地佔有，古往今來企圖解釋它的人都失敗了，無論是用文字或是肉身。而商業社會習慣了價值取向，因此總是比較在乎「愛」能帶來什麼好處，能完成哪些交易。

所有的文學，大概也離不開這個題材。問起寫武俠小說的朋友，他說他還沒有完成的故事，乃是描述一個尋找愛的少年，最後找到了恨。

靜夜星空，令人憮然良久。並不是「爲花憂風雨，爲才子佳人憂命薄」的那種菩薩心腸，一個還沒有完成的虛構悲劇所預示的，究竟是人生的一個變相，還是共相？

所有的愛到最後都哪裏去了呢，落花抑或墳墓？

就像這兩家以愛爲名而結合的公司，幾年下來，運作似乎不如預期的順利。每當這種時刻，昨日之愛便成了一種巨大的冷笑。小說家張愛玲最擅長嘲弄這些因爲愚騃而形成的尷尬，以及虛僞將要拆穿時的滑稽。不過她總是不寫出恨這個字，而寫成寂寞，一個少年去尋求愛而找到了寂寞。寂寞比恨悠長，比恨眞實，也更貼近人生的處境，無論這個愛是得到了祝福還是留下了遺憾，隨著歲月，慢慢都會形成一種寂寞吧！歡笑遠離了，灰塵積厚了，老鐘遲邁地準時，陽光還是一樣燦爛的花園，每逢這種星期日，每一朵花開著都是一種愛的寂寞。

這使我想起了巴西的小說家阿馬多，在薩爾瓦多小鎮上與妻子嘉泰共度五十載的晨昏，深度詮釋了歲月靜好、現世安穩的可能。兩人遺囑將他們的骨灰撒在生前經常散步的芒果樹下，果實甜美，世事平淡，當記者拍照完畢，遊人相偕散去後的星期日傍晚，阿馬多的愛的遺蹟賸下些什麼呢？

在我的心中總是浮出這樣的黃昏：教堂的晚鐘拂遍青石階梯，家家戶戶的廚房中傳出肉桂或丁香的氣息，夕陽中滿樹黃金，一隻翠鳥在林間啁啾爾後飛去。白禮帽白西裝的男人在芒果樹下闔上書本，身影漸漸融進暮色。那本書燙金的封面已有些剝落了，不過沒有關係，我們知道，他必是剛讀完了一個寂寞又寂寞的故事。

沙漠

波赫士的寓言小說〈沙之書〉最後，老人將一本花了所有退休金所買來的，不斷自我增生、永無止境的書插入了布宜諾斯艾利斯公立圖書館黝暗的書架中。這是一個饒富詩意的隱喻：也許只有知識能吞沒知識；文字能容納文字。波赫士說：「無論沙或是書，都沒有止盡。」他不僅精通符號學，又是重要的文藝理論家與作家，我想他眞正關心的應該是「書」而非「沙」的問題，故事中的「沙」，不過是用來譬喻人類知識無限膨脹的象徵物而已。

每次重讀這個故事，便對南美洲雨林一般的圖書館充滿奇幻的聯想，另一個好奇則是：爲什麼他說「沙」是沒有盡頭的呢？我總想到高中時代的地理課，記憶了地球上數個重要的沙漠，塔克拉馬干、戈壁與撒哈拉等等，以及這些沙漠形成的原因，地處內陸、背向季風、高山屏阻，每一個原因都極富詩意，充滿遙遠而荒涼的想像。然而什麼是沙漠呢，年雨量多少公釐以下，土質以直徑小於多少的沙粒所構成等等，但沙漠應是有界線的吧，一條河、一座山或是一個經緯度，否則「無邊的沙漠」豈不等於將整個世界納入了沙漠中。以抽象的推想，也許最後一粒沙飄落的地方就是沙漠的邊境了，波赫士所謂「沒有止盡」，難道是指另一陣風起，沙漠又有了新的形狀，新的邊界這種無定性而言？

而夏日最讓我有沙漠的幻覺。

白灼的日光曬烤人間，無盡的口渴，棒球場的外野……。從窗臺上的一排仙人掌望出去，城市的繁華像一座浮動在遠方的海市蜃樓，清晰卻又模糊，就像一片回憶的高地，「大家以各種不同的方式活，以各種不同的方式死。不過那都不重要。最後只有沙漠留下來，眞正活著的只有沙漠而已」，我在大學某年的暑假讀到了小說《國境之南、太陽之西》中的這些字句，不知爲何，到現在還記得很清楚。

那年的暑假就在學校後面租賃的樓房裏度過，同學都回家去了，校園在寂靜中有一絲破敗的荒涼氣味。每天讀書或是聽音樂，下午繞著赤熱的跑道慢跑，然後一個人投籃，晚上租些老電影，像《齊瓦哥醫生》、《阿拉伯的勞倫斯》之類的，在悶熱的斗室中吹著電扇孤獨地看完，有時幾天也沒說話。那時日本小說家村上春樹正在臺灣走紅，自由而無聊的時光裏我看遍了他的作品，年輕的日子好像最容易被這樣的話感動：「很久沒有感覺到夏天的香氣了，海潮的香、遠處的氣笛、女孩子肌膚的觸覺、潤絲精的檸檬香、黃昏的風、淡淡的希望、夏天的夢……但這些簡直就像沒有對準的描圖紙一樣，一切一切都跟回不來的過去，一點一點地錯開了。」（《聽風的歌》），這些字句也就像夏夜的潮聲，搖蕩、潮濕而模糊了我的那段歲月。那時似乎感覺到在體內有著一片沙漠那樣的東西，心中某個部位失去了活著的感覺，人生是那樣乾燥、木然，而且逐漸擴大，但在所有的悲歡都走遠以後，卻反而覺得自己是那麼眞實與孤獨的存在著。

我不知道那個漫長的暑假是如何結束的，一樣的開學，同學都曬得黑黑的回來了，一起打籃球時大家發現我的外線比以前準了許多。接著秋冬來到，繽紛而喧譁，心中那片沙漠般寂靜的感覺漸漸消失了，乾淨得似乎不曾存在過。

十幾年過去了，每到夏天總還是讓我想到沙漠，一個曾經乾涸的季節。

我和同年紀的朋友一樣，很久沒有再讀村上春樹的小說了，只是偶爾在雨夜聽比莉・哈樂黛的爵士樂，偶爾在假日吃一盤義大利麵喝冰啤酒，偶爾想起那個夏天，時光的潮水終將淹沒每一片華麗的廢墟。

昨天學生寫來E-Mail，說近日無聊，正在看《遇見100%的女孩》。月明風清，塵囂漸落的深夜，我在窗前似乎看見對面樓房燈影中少年時的自己，村上先生的愛情故事與沙漠都還年輕嗎？我找出舊書，翻讀那些似曾熟悉的字句，我幾乎可以感覺到沙漠並沒有死去。

輕輕翻過下一頁，幾粒細沙被溫鬱的南風吹進了書葉裏，我的書房或許也是哪片沙漠的一部份吧！夜闌人靜，我悄悄闔上書冊，並將它們一起塞進擁擠的書架中。

想陳伯之已率眾請降之景，眞有其風流颯爽。三國時候的應璩寫給曹長思，信中說：「春生者繁華，秋榮者零悴，自然之數，豈有恨哉。」借天地四時以喻己心己況，無處不是動人之思。南朝時候的鮑照在大雷岸寫信給妹妹鮑令暉，從「棧星石飯，結荷水宿」走筆至「樵蘇一嘆，舟子再泣，誠足悲憂，不可說也」，實已非一封尋常家書，而成爲我國山水文學的典範之作了。這些書信人情練達而修辭醇麗謹雅，大概是後人很難追蹤的。

何況現代眞正在寫信的人也日漸減少了，要讀到好信，比要讀到好論文、好小說難上許多。表面原因是通訊進步，以語言溝通無論在效力或速度上都遠勝於文字，而眞正的原因，我以爲是彼此間能說的話、能談的感情，已不像過去那麼深了。

時代的進步加速了利益交換，間接促使人情澆薄。溝通也變成了一種標準化、規格化的模式。當這個模式成爲習慣後，就難以去踰越與改變。因此所有人際間的感情就變得既平常又刻板，多一些的關心被疑爲虛假，少一些的好奇則易被視爲冷漠，最中庸的方法，人與人之間只賸下了：我是、好的、沒問題、不客氣、謝謝、再見……然後一絲莫名悵然，又待鈴聲響起。

但寫信就是沉澱與凝思，在當下可以斟酌字詞語氣，從容地反覆修改，直到準確地捉住了一種心境，適宜地寫下微溫的字句，燈窗秋韻，迢迢的心事盡付郵簡，然後等待敻遠的回聲傳來。這是個反覆與自我對話，並內省人情溫涼的過程，這樣的愼重其事自與通話的便捷不同，不過卻能多得一份塵囂裏的寧靜與眞摯，也眞能談出一些較深婉的情致。

不過寫信這事，畢竟是日漸陵遲的雅道了。

現在教書，最怕教應用文。老師教得惶恐，學生學得無聊，形式上的紛繁由於脫離了現實，變成了記憶的沉重負擔；內容上則因感情的匱乏，行文自是十分索然。其實古人寫信不止於說心事、敘寒溫，丘遲對陳伯之的招降、少年李白寫給刺史韓朝宗自我推薦、司馬溫公與王安石吵架，都在字裏行間流露出人生的厚度與學養的神采；白居易邀朋友喝酒的請柬沒有頓首鞠躬之類的應酬，只有「晚來天欲雪，能飲一杯無」聊聊二十字的殷勤；陶弘景回絕皇帝敦促其出仕的信上也是「山中何所有，嶺上多白雲。只可自怡悅，不堪持寄君」等四句話，應用文到了這步境地，我們這種荒村塾師也只好掩書下課去也。

古人雁足傳書，雲中來去，今者青鳥做使，爲君探看，惜我許久以來耽於電話、傳眞與E-Mail，徒然辜負了寫信的逸興，也喪失了收信的微喜。因此現在儘管案牘勞形，偶爾要作應酬文書，總也不免搖曳竹管去渲染一份閒情，那怕是「書被催成墨未濃」的枯淡也沒有關係。只是每當此時，就不免聯想起徐文長寫給朋友信中的淒涼：「髮白齒搖矣！猶把一寸毛錐，走數千里道，營營一冷坑上；此與老牯踉蹌以耕，跙犁不動，而淚漬肩瘡者何異？」此情此景，古今一淚，只是今日又堪寄語何人？悲夫悲夫。

夏日清歌

——何處清歌可斷腸，經年止酒賸悲涼

早晨37.2°C

這是七月臺北的燠熱，也是一九八六年法國導演尚—賈克．貝涅（Jean-Jacques Beineix）的不朽名片："37°2 le matin"，中文譯名《巴黎野玫瑰》。

懷才不遇的工人作家和狂放激情的天眞少女，法國的海岸與藍天，迷惘的人生定義……，一切都在這個溫度下失控，終於成爲文學、電影、音

樂與幾十年前對自由或是愛情的一種觀點，那我曾嚮往卻永遠無法抵達的印象派的夏日。

在中年的荒蕪裏，我也要學電影裏潦倒而迷人的男主角桑格，用一把油漆刷在日落前將房子塡滿新色。汗水與塵灰是眞正屬於夏天的，那在頭上綁一條毛巾，赤著黝黑上身，一面聽著早期的臺語歌一面勞作的工人是眞正的男子漢；我這被圖書館冷氣與研究室電腦痲痺得呈軟靡狀態的精神與體魄，在37.2°C的溫度下，只能在《巴黎野玫瑰》風格鮮朗的配樂聲中，以刮除壁癌並刷上顏色的輕勞動，做爲重新喚醒自我的開始。

有韻地蘸漆揮灑，一如詩歌海浪般的節奏，逐次將灰藍寫在牆上，陰影與光，還是音樂，讓顏色顯出了層次模糊的變化？憂鬱的夏日漫長寂寞，幾十年前尚且年輕的心，也曾那樣狂野地想用文字訴說對藍天的嚮往與愛情的追尋，唯歲月如斯，庸凡如我終於臣屈於世界的規則與安排，失去青春所有的夢以換得一方可安歇的清蔭，停止驛逐競馳而坐落於一個凝定的位置——在都市破落的一角，在學院長廊的陰影裏獨對瑣屑的知識和話語，計較凡人都計較過的得失。

揮動漆刷的此刻我漸清明了起來，漆牆必須面壁，面壁若可明心，心明乃見性之始。我是多麼喜愛這種近於白的灰藍，彷彿在牆上刷痕的縫隙中，我依約看見了昨日的天空，盛夏的召喚隱藏在微微的風裏，在遙遠又遙遠的夢的樹林中，在多麼年輕的心。而我賸下什麼呢？迷惑慵懶的音樂即將終了，環顧幽森淩亂的室內，我也許該寫些什麼來追憶那幾乎盛放、卻終於凋零的年華。

此刻已近中午，臺北氣溫或逾37.2°C，而生命多數時刻不是提筆記取，而是緊握現實的刷子，用白堊將鐫刻在心牆上的往日輕輕掩蓋或完全抹除。

愛我吧，海

午後是夏天眞正的開始，不必在豔陽沙灘，一切也顯得漫無目的。

簡單的午餐，接著是整理舊書的好時光，沒有一定的進度，也沒有任何規劃，也不過就是把攤亂在家中各處的書集攏，重新上架。期間或也拿下來一些舊書，用一隻老撢子除去灰塵，調整一下鄰近的位置，或是想想要不要捐贈或丟棄，實用價值？紀念意義？或是純粹的心情所嚮，一本書該如何處置，完全隨心所欲，並沒有非如此不可的理由。

東插西挪，爬上爬下，我像忙碌的壁虎；時光靜好輕逝，窗邊的草葉動搖風的蹤跡，幫自己倒一杯冰咖啡，夏天是一匹如此俊美的白色郵輪，航向輝煌的遠洋。每本書都有名字，每個名字都是一顆低語的心，整理它們的過程像一種祕密交談，好些多年未碰的書驟然相遇，增添無限驚喜——原來你還在這裏；好些書已完全不記是何時何地所置，內容亦不復記憶，隨手一翻，裏面竟還有自己多年前的筆跡，飛鴻雪泥，人生恍惚地回到一些清寂卻喜悅或悠長而不知何適的歲月，原來內在的憂喜好惡，盡在這些文字章句裏；原來許多細微到無所洞悉的情感是這樣來的……。

這時往往已無心再繼續整理書架，就捧著這些蒼黃的紙葉，在任何一張椅子開始閱讀，重回到生命裏的某一個微小的點，一個不經意的時刻。

67　夏日清歌

愛我吧，海
雖然小溪把我喚醒
樹冠反覆追憶著
你的歌
一切回到
最美的時刻
蝶翅上
閃著鱗片
秋葉飄進嘆息
綠藤和盲蛇
在靜靜纏繞
愛我吧！海

詩人的旅行

在我的印象中，詩人總是在旅行，無論是出於自願或非自願的理由，他們總是親切地接觸了大地，帶著雨後的心情或披著風雪的簑衣走過人群也走過死蔭的幽谷，將綠色的山崖水湄藍色的晴天怒濤都化爲隱喻的文字，留給後人解讀那依約的客途心事。於是我們在春天便有了依依的楊柳，在秋天便有了寒山寺的夜鐘。有時這些行旅的痕跡讓我們回首生命，產生哲學性的思考；有時則使我們變得抒情，進而重新定義了身邊的一草一木，以及任何一段無聊的日子。

在我國的詩壇上，謝靈運的遊山玩水純粹是失意貴族的牢騷，永嘉的綠嶂、南亭的雲色，都成爲他數落世界責備自己的材料，在旅途中，他經常想起的是老子、莊子或易經裏面的訓誨，讓他痛苦自己成爲一隻迷途的飛鳥，又讓他羨慕一朵水邊的蘭花。強盛的唐朝，詩人走向炎風朔雪的沙漠，懷抱著酒興與夢想，卻又忍不住思鄉之情，因此他們極容易在一支舞蹈中醉倒，也極容易在深夜幽咽的笛聲裏哭泣，而此時，長安的高樓或江南的深閨裏，也必然有著一位凝望月亮，不能成眠的素衣女子。

有的詩人幾乎一生都在行旅，他們替自己這種爲生活所促迫的奔走起了一個放蕩且感傷名稱：「飄蓬」。據說無根的蓬草是風吹到何處，它便落到何處，落到何處，再等下一陣的風起。於是青年杜甫告訴李白：「秋來相顧尚飄蓬，未就丹砂愧葛洪。痛飲狂歌空度日，飛揚跋扈誰爲雄？」中年以後，杜甫再一次沉思自己沉痛的苦旅，忍不住喟嘆：「飄蓬逾三年，回首肝肺熱。」到了晚年，他已不是少年時不馴的白鷗，而是總沉緬於回憶的思歸人，昨日的繁華、功業與理想，在他流落江湖的舟畔總是落英繽紛，「故國平居有所思」，於是我們也跟著一起進入了漫漫的回憶中。宋朝的蘇軾一生也是停停走走，天涯海角，飛鴻雪泥，古老的江山與遲緩的黃昏，詩人的杖與竿是一行寂寞的詩，寫在泛黃的紙上，隱沒的現代文明喧囂聲中。

在旅行中，身份往往是他看待世界的角度，學者陳寅恪遊挪威，在北海舟中想起的是故鄉，有詩云：「忽憶江南黃篾舫，幾時歸去做遨遊。」同樣是出國，少年孫文到了檀香山，卻只見舟輪之奇滄海之大，想的也是西學科技，少年孫文沒有寫下「大海悲湧深藍色，不答凡夫問太玄」之類韻語的雅興；多年後他來到臺灣，住在梅敷屋旅社，爲日本店家題的字是「同仁」與「博愛」，這完全顯示了他政治人的性格。這讓我想起了梁啓超在民國前一年也從日本來到了臺灣，他寫下的卻是「傳語王孫應好住，海隅景物勝中州」、「最是夕陽無限好，殘紅蒼莽接中原」等詩句，那就是十足的文人氣了。

近代中國文人求學遊歷英倫者多，表現在文學上，徐志摩、錢鍾書一到劍橋一赴牛津，但他們似乎都對那古老的學院寧靜的生活充滿了眷戀，寫下的都是詠歌的詩。近讀啞行者蔣彝（Silent Traveller，一九〇三—

一九七七）的幾本畫記，寫倫敦、寫牛津、寫愛丁堡，文中情境幽默而閒雅，水墨插畫也極具個人風格的趣味，其中偶而妝點的小詩，更是展露了中國文人所獨有的襟抱，題維多利亞女皇的村舍是：「闢得幽園占晚涼，鐘華開過有餘香。百年豔跡空憑弔，茅舍亭亭伴夕陽。」登愛丁堡動物園後山，他寫下了：「小坐崖石上，松風清我心。俯觀臨巨壑，碧海何其深？」這近於王維、韋應物涵虛縹緲的美學風格，寫的卻是異邦的古蹟風景，蔣彝說他自己是沉默的旅行者，這或許是就中英在語言與文化上的隔閡而言。但我想沉默並不代表無言，而是近於中國詩裏「忘言」的美感經驗，中國眞正的詩，也許都是在沉默之後才萌生的吧！

詩人的行旅，行旅的詩人，有時我們讀了那些詩以後，不免產生追蹤的遊興，企圖在詩人走過的道路上重尋那番感動過詩人的風景，體驗能營造出美麗詩句的氛圍，不過我們也都知道那是再徒然不過的事了。詩的誕生永遠是一個祕密，詩的答案也永遠需要一個人生的旅程才能完成—我們怎能期待以這短短的幾步路，便能解答永恆或到達彼岸呢？

有時我走在城市的大街小巷，也像一個沉默的旅人，或是波特萊爾筆下的現代行遊者（flaneur），樓外偶然的清月，暫時在春光裏的荒蕪，乃至於那些乾燥的標語潮溼的人群，經常都觸動了我，似乎在我的心底產生了類似於詩的東西。但我畢竟沒有寫出詩來，我只能相當素樸地記下它們，等待也許有一天可以眞正解釋他們的美，眞正明白世界從未說出的那些話語，縱使那是破碎如風的。

落月

曾以爲世界是祥和而公義的，如今卻漸漸覺得世界並不公平……，因此我是如此憤世而又嫉人，在苦痛中不覺自我便孤立起來。

我喜歡坐在家中面窗的沙發，不懷什麼心事地往遠方望去，西向的窗景彷若一支無限伸長的鏡頭，可以窺探天上，遙想銀河將迤邐的星光傾倒在我的夢中；也可以偷覷人間，體會春秋陰晴裏不同的風景。天際就是一篇長詩，對我來說蘊藉著永難理解的奧義。我尤其喜歡黃昏，在此對坐一天的殘霞，便能感受日夜循環的壯麗並徜徉如塵的清閒，龐大的暮色從遠方漸漸靠近，於是便有一種深沉而靜謐的感覺油然升起，微明的燈，斜飛的鳥，城市疲倦得像即將闔上的書，等待灰暗包容這也許美好，也許缺陷的一切又一切。

但現實中，窗外的世界卻是十分兩極的，近處，隔著一條小坡是整片低矮凌亂的平房，陳年的磚牆，簡陋的水塔，紅綠鐵皮拼貼的屋頂間以磚塊壓著防水布，可以想像那是經常漏雨的；偶爾傳來一陣俗鬧的音樂並伴著打罵聲，分不清那是電視節目，還是眞實生活。再往前看，越過幾棟新起的公寓房子，視線的最遠處是遠東飯店華麗高聳的雙塔，每到薄暮時分，那光明的燈盞便一一亮起，溫柔地擦拭著髒污了的天空。遙想此刻，時尚的衣履正從容就座，在水晶燈下談笑風生，交換著人生享用不盡的喜悅，酪酒佳餚，赧紅的晚雲似也在窗邊爲這樣豪闊的人生從容助興……。

春天的夜晚，當臺北的天空也化爲一闋霧靄的小令，意外發現一牙新月，已悄悄越過遠東飯店燦亮的光塔，遠遠斜向西天，像一盞城市入睡前未熄的小燈那樣地亮著。上弦月早升早落，未到子夜，似已頗有西沉之意。古人看月在十里平湖、在茫茫江漢、在桂子山寺、在大漠霜夜，那自有或雄沉、或警拔、或哀傷、或閒適的詩篇。我在千門萬戶的都會，穿過陽臺幾株盆栽稀疏的枝葉賞月，喧囂潮退，潔白的寂寞爬滿窗櫺，那是德布西依約的琴聲，敲打在亙古因月感懷的心弦。

城裏的新月是藍藍天空的小白船，悠游於雲海，駛過樓房高低參差的浪頭，像照亮古時征人的行路、思婦的妝鏡，此時的月色依然給予大地，給予奔忙的夜歸人一點清光。中學時代，最喜歡課本中蘇軾寫在黃州承天寺的日記，在見月欣然的情緒裏，突然驚覺自己乃帶罪之身，親朋遠隔，無與樂者，所幸還有一位寄居小廟的張懷民可以共邀賞月。荒城殘垣，幾株竹柏也堪供詩人吟賞，月明風清，天地的無言終於還是讓詩人了悟了人間的悲歡無常，讓抑鬱的心簡單開脫至永恆的曠達與明澈。這篇短文每讓我在望月時提醒自己，人生應有那麼一點從容，一點自在，在每一次的回首中，才能領略世途並不那麼無情，那麼絕望。

後來我喜歡初唐詩人張九齡「海上生明月，天涯共此時」的浪漫情懷，那純粹是青春的戀歌，澎湃洶湧卻十分溫柔的相思。在人生彷若有所期待的年歲裏，經常無端便陷入了那種暗自喜悅，或者徬徨幽怨當中。月是愛情的鏡子，讓相隔的情人以玲瓏的心情看見對方，那麼幽涼那麼依稀，於是便產生了輕微的痛苦：「明月裝飾了你的窗子，你裝飾了別人的夢」，這種低迴，卻也是人生中最珍貴的甜蜜。可惜在聲光無垠的現代化都市，任何相思都可以在數位化的便捷中得到立即的紓解，因此我也感到現代人缺少了等待，也缺少了品味等待中那種無言況味的深邃心情。我想在這樣的時代裏，月亮的寂寞就更深了，即使上元中秋的偶然仰望，也不是深情而期待的，應景而生的繁華燈會和烤肉焦煙，使月夜不再是兒時的清朗，不再是一簾幽夢的恬靜。

青春易逝且易遠，愛情的月亮如今對我來說，尚不敵杜甫「四更山吐月，殘夜水明樓」的眞切，人生終究是波影搖蕩的迷離，杜甫的詩是盛唐亂後，天涯飄零的喟嘆，是文化走向衰滅的最後殘光。他的月色不如李白「卻下水晶簾，玲瓏望秋月」那般清澈；也不如王維「明月松間照，清泉石上流」那麼古雅而幽靜，而是朦朧的，暈黃的，像是淚眼望去，像抱著舊日的回憶入眠。而他正是多麼喜歡耽溺於回憶的詩人啊！在回憶中就能看穿時間的倏忽、興亡的滄桑；亙古常在的明月，以其恆久映襯了此生之須臾，一如張若虛以「不知江月待何人，但見長江送流水」來說明人生的侷限，在履踐了浮生，我們終將明白自我的渺小與短促。因此我也一直以爲靜謐與寂寥才是賞月的心境，帶著思念和清愁才有賞月的雋永，這樣便能明白月華既爲鴻圖霸業的帝國作了見證；也爲每一個渺小的離合悲歡作了見證。

所以世界也許是公平的。

窗外的一彎涼月給予了燈火輝煌的巨廈一抹清光，也給予了眼下低矮的磚房等同的明亮；她默默祝福富貴而豪氣的人們，同時也安慰辛勞與憂患的家庭。沒有人可以多享有任何一點光明，也沒有人會無端地被棄置於黑暗中，月色是慈愛的母親，對強壯與傑出的孩子頷首，也擁抱孱弱和失意的孩子，她使每一個有窗戶的房間，都有無瑕的清夢；就像每一條河，都流動著一個永恆的倒影。

春天的新月沒多久便從巨廈的樓頂斜至瓦屋的窗前，不多久便西沉於

83 落月

那片低房矮舍之後。夕陽總是以其餘暉在晚雲在大地寫滿轟轟烈烈的豐偉事蹟；弦月的沉落卻是寧靜而不留下什麼，彷彿只有窗臺上竹葉尖一顆晶瑩的夜露知道，潮濕而略帶微涼的春夜裏，永恆的月華曾臨幸城市蒼鬱的天空，窺視我們這無詩且無夢的年代，以她無比的溫柔，深愛過。

冬之旅

冬天來了……

細細的雪花飄滿大地，荒原、森林與河流在暮色裏蒼茫成一首輓歌，家家戶戶緊閉的窗裏是熒熒燈火，而那失去了愛的旅人並沒有停下趕路的腳步，沒有人知道他在天黑前要趕往何處，教堂的晚鐘被冰凍在朔氣裏，那時歌聲中的旅人頰邊似有一顆凝結的淚。

親愛的妻子，那天夜裏我們一起聆聽《冬之旅》，在這南國的秋晚，清淡的空氣卻也因爲歌曲中的寒瀨而結霜。在歌曲之王舒伯特一生所寫下的五百六十餘首歌曲中，完成於一八二七年的《冬之旅》，是我最喜愛的一集，裏面的二十四支歌曲，每一首都帶給我遙遠的想像。這些詩是德國詩人謬勒所作，而舒伯特在完成了《冬之旅》譜曲工作後的兩年便與世長辭了。我不知音樂家是否預知了生命的短促，《冬之旅》全篇低沉感傷，在回憶與現實中傾訴世情的殘忍與情感之脆弱，沉厚的音樂質感，已不是去國懷鄉的鬱鬱悲憤，而是洞悉了生命無奈的蒼涼，每一個音符，每一句詩，都摩挲著內心孤寂的魂靈。

我們總喜歡在靜謐的夜裏聽這集歌曲，男中音費雪．狄斯考（Fischer-Dieskau）優美的敘述，那樣就像是聽見了一個走在寒夜旅人的吟詩。追溯過往，中小學的音樂課本，似乎選了舒伯特的〈鱒魚〉與〈野玫瑰〉這類輕快的歌曲，那也眞是好歌，唱滿清澈而芬芳的青少年歲月。高中的音樂課本裏則收錄了〈菩提樹〉，這是《冬之旅》的第五首歌曲，還記得我們學校那位看起來潦倒的音樂老師伴奏流暢甜美，但畢竟十六七歲的少年還是很難領略「朋友啊！你會在這找到安寧」的隱喻，以及隱喻後面的悲愴。

然而親愛的妻子，我以爲所謂的人生，其實也就是一段一段旅途的相衙，長亭更短亭的飄泊。在每一趟的旅程中總不免有輕輕的惆悵與寂寞，像是荒原上的野花開滿，寧靜成生命外燦爛的風景。還記得剛畢業的那年，我赴沙鹿的C大應徵教職，臺中港路與那種瀲灩的陽光都是我們過去所熟悉的，溫熱的風曾吹過妳的髮間我的指梢，但當時祇我一人獨對那些浮光掠影裏的回憶，我在路上寫下了：

打開車窗，夏天
輕易佔滿身旁所有的位子
一首寂寞的歌用口哨吹遍，旅程
爲何總是想起這些零落
而不被理解的詩？

《冬之旅》裏搖琴人的意象的確佔滿刹那間的念頭。或者又像是在南半球的自助旅行中，我們也曾這麼說：

寄出那封沒有寫完的信
而那時，我正在等一班長途的車
（要到什麼地方去呢？旅行手冊已經翻到最後一頁了）
一直走到黃昏，才想起
天涯就在剛才留下影子的岩石邊了

更多的時候，在闃黑的夜裏，我仍然不斷趕路，幾年前每週奔波於臺北與埔里之間，一路飽看雄山秀水，《冬之旅》裏不成調的片段，似乎最適合在夜路上輕輕哼起，有時搖晃的夢境，也就是那棵開花的菩提樹。

冬天、行旅、失戀與死亡，親愛的妻子，當我們在燈下細細靜聽費雪．狄斯考的歌聲，那些日常裏的喧囂似乎都靜止了下來，化為音符輕輕註記生活裏的悲欣，來自於生命的藝術，也安頓了滿是缺憾的生命，小小的客廳，瓶花素雅，寧馨如此。但我們卻有另一半的靈魂還流浪在冬夜之夜，滿佈疲倦的眼睛望穿陵谷與川流，世界為之茫茫。那樣的歌聲就像每日的生活，都只是我們對待回憶的一種方式，舒伯特的歌曲召喚了過去那些令我們動容的瑣碎片段，總使我不斷想起在樹下等妳的那些早晨，或是一起漫步黑夜，記憶之歌總在生命的最闇處輝煌。而流光似水，親愛的妻子，讓我們再聽一遍那個老人的追憶，他說：「在這旅程當中，我的年華卻仍一如往昔」，我不知道我們是否有一天會在冬夜之巔重新溫習這些舊日的情感與歌聲裏的寂寞，而那時我們的年華還能依舊嗎？詩人總是這麼詮釋：「生命是一張僅有的薄紙，寫滿白霜與塵土，嘆息與陰影。」註

眞正的冬夜即將降臨，親愛的妻子，捻亮我們窗前的燈火吧！《冬之旅》已經唱到了最後一章，也許那旅人正在對面的街上徘徊，忠心的手杖指引著他往道路的另一頭行去，但誰來爲他的歌聲伴奏呢？或許我們可以點燃珍藏的蠟燭，讓金色的光燄在薄如秋夜的紙上寫滿詩句，記錄回憶裏的驛站，其寒冬是如何地漫長；或是夢見一個春晨，霜霧漸散後，一株菩提樹正十分鬱綠。

註：陳黎〈春夜聽冬之旅〉詩中的句子。

枕畔書

夜深風靜，滿城燈火疏落成斷行的詩，無韻卻也有味。窗外石牆邊的絡緯啼鳴清亮，在千門萬戶的大城市裏竟能偶得蟲吟草間的樂趣，那不啻是結廬人境的幽況之味，彷彿亦寫下了我夏夜裏的一段岑寂之思。路燈水銀般的白光將窗臺上的叢竹拓入室內，被炎日曬蒸了一天的斗室似也透入了幾許清涼，元豐六年的黃州，蘇子瞻月下的散步應也曾搖曳這樣的澹然吧，人間總有一些無以言狀的抒情之思化為涓涓涼露，沁透了亙古夜闌時的心境。

這時的妳不知是否已安然入夢，這樣的念想也許就是現代詩人鄭愁予在〈賦別〉一詩裏最後的喟嘆，整個世界在妳睡後似乎只留下了空曠。

妳的夢是否也在這種空曠裏奔馳？

最近妳爲睡眠所苦，總說枕頭難以安適，不僅入睡困難，醒來後的肩酸頸痛更是直接影響生活。這種非病的微恙，據復健科醫生表示，人類終日以一頸椎支撐數公斤的頭顱，尙要俯仰轉動，只有睡眠時能稍事休息，因此要治癒此疾，用藥爲下策、復健爲中策，最上之法，便是選擇與肩同高、軟硬適中的枕頭來接替頸椎白日的工作。於是我們開始尋找一個更切適於睡眠的枕頭，說來荒謬，原來現代社會的特徵之一，便是總有些意想不到的產品來滿足意想不到的需要。

一一詢問後，面對琳琅滿目的各式寢具，眞不知要如何選擇這位職司接待夢境的使者。傳統的羽絨枕，潔白舒軟，頗有〈赤壁賦〉裏「飄飄乎如遺世獨立，羽化而登仙」聯想，似乎很容易飄飄一個輕盈的夢，遨遊天地之漫汗，如唐代龜茲國進貢給明皇的遊仙枕，十洲三島盡在夢底。但我又不禁想到，枕中那片羽毛也許歷經了不知多少春秋的南暑北寒，最後終爲死亡的嘆息，安魂曲一般地肅穆低吟「人似秋鴻來有信，事如春夢了無痕」，那些宿命裏的無奈，似乎隱射了世故的沉重，對於終日憂勞而尋求片刻遺忘的妳我而言，好像又那麼地不合時宜了。

標榜現代化質材的枕頭則更是推陳出新，矽膠、乳膠、木漿、泡綿、彈性纖維……，各種不可思議的質材加上遠紅外線、奈米科技等等不可思議的功能，原來枕頭也自成一門學問，專爲用來安慰眾生那支劬勞的頸椎。最新研發出來的是所謂「太空科技枕」，據說通過美國太空總署的認證。我不知道太空總署能爲枕頭認證什麼，難道是可以讓人在宇宙無極的深處做一場銀河斑斕之夢嗎，或是能使睡眠進入一種無重力的飄浮狀態？後來我才知道，原來這種質材是做爲太空梭著陸時，能抵抗瞬間千萬噸壓力的防護層，既柔且韌的特性，最適於托放任何貴重之器。如今這項人類爲征服宇宙而研發出來的科技，化爲一方小小的枕頭來服侍疲倦，妳說實在大才小用了一些。然而我相信太空梭云云或許只是一個詩的隱喻，用來說明這個枕頭能使我們平穩降落在夢境當中，徐徐滑入睡眠基地維修俱疲的身心。曾有詩人形容入睡後的思緒輕如蚊蚋濯足水潭，然意識無底無邊，當妳我以重力加速度穿透意識的大氣層跌落夢鄉，這無限大的墜落高度必產生萬鈞力道，即使太空梭的著陸相對於此，恐怕也只能算是一片鴻毛了。因此我懷疑人類當今的科技，是否眞足以承載我們穿透意識的夢境，對世界一次輕輕的碰撞？

這些現代化質材的枕頭大多依照人體工學設計，好睡固然，但我總覺少了一些人味，一些睡眠所需的浪漫。像我國古代的菊花枕，據說有益於眼目之明，其實想想枕著落英數斛，以及那花瓣上的秋風白露，眞已雅致之極，入夢與否大概都無所謂了吧。而傳統的枕又具有許多象徵的意味，「枕流」是一種高曠；日人夏目漱石所著《草枕》一書，其實就是描寫一畫家枕藉蔓草的山林之旅，同樣也是一種超逸之情。而枕頭又是私中之私，密中之密的領域，宓妃留枕魏王，表現幽微的愛戀；《紅樓夢》第五回寶玉午憩於秦可卿房中，可卿「移了紅娘抱過的鴛枕」，這個情慾的暗示，遂使寶玉神遊了太虛幻境。因此枕頭也最不容他人侵犯，無怪乎《南史》載權臣陳顯達酒後借枕於帝，竟使帝失色。

不過我印象最深的，莫過於兒時母親的綠豆枕及父親的茶葉枕，歁歁枕畔，清芬總是若隱若現地飄浮，這些自製枕頭取材日常，似乎包容了生活裏的甜美與歡笑，也爲仲夏夜之夢增添幾許清涼。可惜這類枕頭現在已難以購得，昨天在夜市旁邊一家老式寢具店門口，發現了幾個正在廉售而乏人問津的藺草枕，粗糙的手工，卻也有純樸的拙趣，尤可愛者，枕上還用藍絲線並不精確地繡畫了兩隻翻飛的蝴蝶，足可讓人會心一笑。這個古老而憂傷的東方意象，也曾感動今世阿根廷小說家兼詩人波赫士，他說：「蝴蝶有種優雅、稍縱即逝的特質，如果人生眞的是一場夢，那麼用來暗示的最佳比喻就是蝴蝶」，我喜歡「優雅」這個形容，雖然我的夢境與人生總是片斷、零碎而奔忙不已。我不知道波赫士有沒有讀過唐傳奇〈枕中記〉，盧生入呂翁仙枕後而有「出擁藩翰，入贊雍熙」的大夢，然夢中幾度生死悲欣的每一個瞬間裏，似皆不如他原本「短褐青駒、邯鄲道中」的眞實人生來得優雅。因此藺草枕上栩栩然的蝴蝶，除了夢醒時爲人留下寂寞的蹁躚之思，是否還在於提醒睡人屏除塵念，賦一個超越榮辱的優雅之夢，雖然人生與夢境總歸是稍縱即逝的惘然，去如朝露的可嘆。

我們終於還是從眾多類型的枕頭中選擇了一個，雖然不知道它將帶給妳哪一種品質的睡眠。還記得那年在部隊中，枕頭只是一張疊成方形的軍毯，幾乎沒有彈性，失眠的時候愈是感到它的粗糙與硬度。那時我總不禁想，睡著後會不會就走進了前人留下的夢中，窺探了陌生的記憶、變形的欲望，像錯接跳格的默片，笑影淚痕都被捲摺在柔軟的時間裏。而也許是那方軍毯已經容納太多前人的胡思亂想，我那時幾乎不太做夢，枕上只有窗前一排榆樹沙沙的秋聲，以及間歇篩漏的月光。那些時刻，我總想告訴妳我有多麼懷念我們共枕時的夜語，以及那漸漸隨著天河而落盡的幽清。

而現在妳每夜都安然於新的枕上，深垂的睫，均勻悠長的呼吸。但我不禁擔憂，我們原本屬於一對的枕頭，如今妳的那只卻被收入了櫥櫃中，妳將有著怎樣陌生的夢，令我無法追趕。我還記得那年住在布拉格列入古蹟的旅館，雪白的枕套繡著藍色雀鳥，我說外國人也懂我們情詩裏所說的「青鳥殷勤爲探看」，從此我總想寫下我無限的絮語，讓青鳥飛迴在妳的夢中爲我展讀心事，有時露臺上葉面微微折射的月光，窗外偶然行過的跫音，都引起我片片斷斷的思索。親愛的妻子，古人喜歡在枕上刻鏤銘文，寤寐思服，而我只想把每日一些無端的悲欣就著夜風銀光寫成潦草的枕畔之書，獻給我們共通的夢境，生活其實不就只是枕邊一句無心的低語？妳知道，愛情大概總是需要最細緻的夢來溫習，一些等待、一些張惶，或是一些靜謐如水的目光。因此我們共枕的時刻應是此生最簡單的美好了，收聚了終日碰撞的心事化爲無言的溫暖。

然而即使我們現在的枕頭並非一對，我卻也不是眞的那麼擔憂。

昨夜醒來，發現妳竟睡在我的枕上，佔去了我大半邊的位置，我猜妳是不是偶爾仍眷戀熟悉的夢？爾後我倚著妳恍惚睡去，窗外絡緯仍舊清啼。親愛的妻子，對於夢境，無論我們是用什麼樣的枕頭或人生來完成，我始終相信，就像傳說中那兩棵連理的古木，它們不僅在地面上枝柯相抱，土壤中的根，應也是一生一世緊緊交纏的。

六月雨

行過博愛特區那些莊重的建築與森嚴的圍牆，雨中的週末顯得淒清。在政局陰霾的臺北，連日滂沱的大雨似也洗不盡空氣中的窒悶感，遠處架起的鐵絲網、憲兵隊的防暴車、廊下躲雨的黑衣特警……，博愛特區在繁華的初夏有自我戒嚴的陰鬱，六月的陽光成爲此際由衷的期待。

我曾經如此熟悉博愛特區的肅穆與寂寥，那是在高中時候，每週的週日傍晚我必須在警備總部的外牆處搭校車返校，過著一週充滿課程、考試與等待的無望生活。儘管與同學笑著鬧著，傳閱著新出刊的漫畫或交換職棒比賽的消息，但就這麼辭別華燈初上的臺北夜色，展開漫漫的住校生活，心情難免黯然。這時這些龐大的高樓與圍牆，成爲心底冷酷陰暗的風景，桎梏了青春與夢想。隨著車門驟然關上，糾察隊開始點名，校車駛入了深邃的夜，但那片深暗的陰影猶自矗立在閉上的眼中。

我深深以爲成年後對煩悶的恐懼，對自由的嚮往與對獨處的渴望，實與高中時期的集體生活記憶有關。我一直羨慕那些能在宿舍裏賴床到舍監揮舞著大木棍才懶懶起身的同學，也很羨慕那些在學校餐廳中，能夠來者不拒地吃完任何菜餚，並就著鄰桌的賸菜再扒兩碗白飯的傢伙。住校生活對他們不成問題，上課時坐最後一排掛起耳機聽西洋流行音樂，下課前換好名牌球鞋，鐘一響便衝向操場「鬥牛」。他們是教官室的常客，訓導主任的弟兄，成天嘻嘻哈哈，並不在乎那些小考週考月考段考，只在乎民歌比賽與運動會，並且有女生班裏幾位「校花」的電話。我隱隱覺得，那似乎才是所謂的青春。而我在一週的住校生活裏，只是擔憂著英文單字與數學公式，幾乎沒有娛樂，黃昏時短暫的自由活動時間我也正襟於自習室，背背三民主義裏的教條，或者胡思亂想，在活頁紙上模仿楊牧或余光中的詩韻。

我沒有辦法苦中作樂，只覺得失去了自由便失去了一切。多年以來，我討厭高牆與門禁管制，受不了點名制度與齊一的規範，這些，少年時的三年裏已經備嘗其對人性的磨斲。在徬徨的歲月裏，只有文學能讓我焦鬱的心稍稍得以舒緩，「雲遊了三千歲月，終將雲履脫於最西的峰上……」這首鄭愁予〈梵音〉初讀是在一冊數學參考書的留白處，不知是哪位不合時宜卻恰中我心的編輯作了如是突兀的安排。那些習題與算式我早已不復記憶，但詩中的句子卻因反覆讀看，而深深印在心中，無法忘卻：

反正已還山門　且遲些個進去
且念一些渡　一些飲　一些啄
且返身再觀照
那六乘以七的世界
（啊　鐘鼓　四十二字的妙陀羅）

現在，在課堂上，偶爾提到這詩，但我始終無法對學生說明這詩之於我生命的深刻意義，它曾那樣深刻地觸動了我對另一世界的純粹嚮往，讓我從平板乾燥的生活裏，體驗了一泓清泉，明白了人生有些至美，微小，但從不曾消失。

因此我總期待著週末，那時尚無週休二日，總要在學校考完週考，草草午餐後，再由校車送我們返回一個熱鬧正盛的世界，那一路上疲倦但精神卻很好，眞有「野花啼鳥亦欣然」的快樂。我記得在貴陽街下車，同學有些早已換上便服，一下車便消失在西門町閃爍不止的歡笑中。而我總是獨自穿過寶慶路，通過衡陽街，在重慶南路流連一晌。三民、東華以及大大小小的書店串起了珍珠般的下午時光，有時興味正濃，抱著剛買的書，越過東方與金石堂的街口，再去金橋感受那安靜細緻的書頁晴窗，店中偶然的咖啡香氣，也成爲少年時最甜美的記憶。出了金橋，就是博愛特區了，我讀過朱天心的《擊壤歌》，對於那些功課好的女生有著一點自卑與嫉妒，但她書裏記載的一切是如此眞實地攤在眼前，又讓我帶著一些好奇想去探探究竟。

天朗氣清的初秋，國旗飄飛，正是一番國慶的氣象；細雨綿綿的殘冬，又是另一種懷念。那些修葺得過於整齊而顯得滑稽的樹，那些寬闊潔淨的路，威嚴的衙門，就是當時心目中的國家。也有像今天，初夏的天氣卻下著大雨，一個人走在那麼昂然的世界裏，不知爲何卻也有點莫名的哀愁，少年的愁滋味有別於中年，但並非全然沒有，那時也許對照著余光中〈聽聽那冷雨〉的情懷，也許想起國文課老師抄在黑板上的詞句：「少年聽雨歌樓上，紅燭昏羅帳。壯年聽雨客舟中，江闊雲低，斷雁叫西風。而今聽雨僧廬下，鬢已星星也。」

休說無情的悲歡離合，而我現在的確是聽雨客舟中了。

少年的背影消失在植物園的紅色宮牆盡處，那是初讀了《蓮的聯想》後想要體會「一池的紅蓮如紅燄」的行蹤。如今我奔波在博愛特區初夏的雨裏，熟悉的迷濛迎面而來，但我已不能停下步履，下一個目的是如此急切地催促著我的船篷與帆索，我要趕赴的不是西門町的青春饜饗，而是與圍牆一般堅固，與柏油路一般硬挺乏味的中年人生。

但六月的雨是如此抒情，將不同的時空同佇於一柄傘下。獨自走在空闊的大道，彷彿漸漸與少年的身影疊合，苦悶而狷憤，嚮往卻迷失，青春之歌期期艾艾，卻也令如今的我回味良久。我當時不能料到在未來會有一天，居然在雨中那麼沉鬱地想念起十七歲的情懷，然而我正與少年的身影背向而行，青春愈走愈遠而終將消失在路的彼端，我但願我能用一些現在擁有的什麼來喚回他。但這裏是肅穆沉默的博愛特區，六月的雨如此滂沱，如此寂寞，「同學少年皆不賤，五陵衣馬自輕肥」，我默唸著那樣滄桑的人生，在傘下依約知道，我永遠地失去了自己。

雨點不斷打在我臉上

韶光悠悠，歲月在不知不覺裏從容告別，日升日落裏也漸漸臨屆了溫柔之必要、肯定之必要，一點點酒和木樨花之必要的中年時刻，新貧時代，城市風華不再迷人，大街小巷都是為了繼續活著而努力的工作線。漫遊的雅興只是偶然從行道樹的葉隙窺見藍天時的無端想望；那些疲憊的朝朝暮暮，更沒有帶著一隻吉他浪跡天涯的雄心。生命彷彿是還沒有歷盡滄桑便已老去，茶煙半涼，人生微苦，奔忙在清寂而嚴峻的日子裏，彷彿深深嵌緊的螺絲，對自我與整部機器已失去了改變或理解的熱情。城市的存在若遠若近，那些燈光串聯起來的總名之為繁華，那些落葉堆積則或可稱為深秋，流年在深深淺淺的悲歡裏輕搖慢蕩，卻不禁偶然的思索。安於肥胖而失去嚮往，鏡中的容顏日漸扭曲齷齪，像是用往日碎片拼湊而成的抽象畫，既笑且哀。這時我總愛眷戀一些過往並還顧舊時的輝煌；想起老電影的對白與畫面，想起那些旋律初次響在心中的溫柔與甜蜜，彷若雨點不斷打在我臉上。

雨點不斷打在我臉上，天晴的時候，我偶爾也會用口哨吹起這被人遺忘的小調，在臺北，四季送走許多的歲月，這首歌的旋律卻永遠年輕，像輕輕跑向夕陽的馬兒的碎步，承載著我的夢想。可惜我並沒有一頂寬邊的牛仔帽，也沒有一件瀟灑的紅格子襯衫與背帶褲，否則我眞的會學保羅紐曼在電影《虎豹小霸王》裏一樣，用單車載著凱薩琳輕輕穿過鄉野和樹叢，穿過青春的悲喜。雨點不斷打在我臉上。我總是頂著紅白相間、圓得可笑的安全帽，騎乘在50cc.摩托車上，我沒有一匹用口哨便能喚來的駿馬，也沒有一個草原的漫漫黃昏，我只有貸款與卡債，以及一堆惱人的公事，我必須闖過一個又一個無趣的紅綠燈，追趕永遠來不及的明天。雨天的時候，心中總也縈繞這般旋律，臺北的雨有時倏忽有時滂沱，正是這城市的心境，它們沿著髮際頰邊那樣深深地滴進了領口和心中，冰凍了我的手腳也冰凍了我的靈魂。這時我也會哼起這個令人心碎的調子，也想問問太陽為何在當班的時候睡著了？然而一抬頭，雨點卻是那樣無情地打在我臉上，冰冷一如打在我的心裏。環顧左右，灰藍色的雨衣、銘黃色的雨衣、暗紅色的雨衣，這些大概都和我一樣，是那腳太長而床太短的男人，總是掙扎在都會坑坑洞洞的路上，盼望期期艾艾的生活能順溜一些，即便是下一個街口不用停車等待都算好事。我實在很想和他們一同來分享這條幽默的老歌，歌詞裏說：「不用藉著埋怨來逃避雨勢，因為我本來自由自在，什麼事都無法使我懊惱。」

自由自在？那是美國人的樂觀，是西部英雄主義的幻覺，青春年華的天眞。

在東方新興的商業都會裏，無論是偪仄狹斜的街，或是牽腸掛肚的生活，可使我這中年人懊惱的事情實在太多了。不然我可以和頭頂上的捷運賽賽車，或是仔細欣賞那些高樓的窗戶，想像每一個深深門庭裏有著如何動人的故事；我也可以在楓香林中尋覓鳥雀的蹤跡，在樟樹或欖仁的綠蔭裏追蹤季節的隱喻。我可以自由地闖盪臺北的街巷，風流撫遍；可以任意停駐於一個況味裏而感到生命的幽深。但我煩心的事實在太多了，課程、會議、閱卷，影印、購物、作業，繳費、演講、看病……剪碎的生活像雨點，不斷打在我的潮濕的靈魂上，這教我只能儘快奔赴目的，完成任務，然後再趕赴下一個目的。只有直線的行程經常使我想起童年奔跑在綠野的好日子，也讓我緬懷校園裏純眞的邂逅與無言的愛情，我感到自己就快變成《駱駝祥子》裏總是與夢想擦身而過的青年，最後終將失去所有，包括對美好的一點眷戀。

我即將被世界打敗，毫無疑問。

曾經我天眞地以爲自己是多麼地自由而富足，不是那樣地窳陋不堪；我只需關心風的絮語雲的心事；只需苦惱天涯太近，不足以滿足我的馳騁。學生時代爲了幾百塊工資到遠地打工，在滂沱的雨中騎車回家，那時雖然淋漓，卻深深覺得自己征服了世界，那微薄的錢攢存夠了便可以買幾張嚮往已久的唱片幾本心儀的書，在夜裏獨自聆享時感到無限的喜悅，似乎懂得了生命小小的雋永。我也曾經在黑夜的雨裏行軍，悶熱汗臭的雨衣使人絕望，但我的心中仍然等待一片和煦豔麗的陽光草坪。而現在的我卻不免羨慕身旁駕著進口車的紳士或淑女，懷想他們將風雨屏擋於窗外，和著雨聲享受一曲巴哈或貝多芬的溫馨心情，並且深深感到自我的狼狽，無可救贖的失落。在城市不斷落下的雨裏，思無邪的青春、奮不顧身的理想和輕盈的旋律，慢慢溶解爲一灘油污的水，倒映了今天的滿懷心事，完全淪落的中年歡哀。

落在昔日的雨水豐潤、甜美而遼敻，如今我卻慢慢嘗出城市雨水深邃的清苦，枕上的梧桐秋聲，茶盞前枯荷悲吟，都比不上打落在安全帽上、節奏單調的城市之雨那般動人，那般淒清。每一顆雨滴都夾雜著被文明廢棄的化學物質，或酸或鹼都能蝕骨；而每一顆雨也都是現代生活昇華而又凝聚的心事，深沉且凝重。我總在雨裏諦聽它們，奔波的嘆息、勞苦的絮語、塵念的聒噪、慢慢通過我流向溝洫，流向遠方的海，一個時代又一個時代，直到凝聚爲一場巨大的海嘯，世界才短暫靜默，隨後又恢復了日常不斷的嘈嘈切切，雨聲的叮叮咚咚。閱讀著打在臉上的雨，慢慢懂得了城市和自己的心事，天何言哉？陽光裏的自由留給他日，我們眼前必須安於腳太長而床太短的狀態，不許抗議。

雨點不斷打在我臉上，我歌唱著，奔馳著，在小小的摩托車上我的前方只賸下模糊的街景，我的人生只賸下淡淡的絕望。中年聽雨，恁是無情也動人，唯一不解的是爲何從古到今，這樣的時刻總是在失去了睡眠和夢境後，江闊雲低的客途之中呢？

竹影

綠荷新露，芭蕉夜雨，梧桐寒蛩，老梅白雪。人間的四季恁是無情，卻留下了這些堪憐的光景，素心相對，濁世的煩囂剎那玄默，而晦冥往往忽見燦亮。但這些君須長記的一年好景，較之於春夏清秀、秋冬蕭然的竹，我似乎對竹的偏心更多一點。駿骨幽韻，風中雪裏，那長竿與劍葉總像明月的夜晚，疏影映在紗窗上那樣搖曳在我的心中，從來未曾淡去。

竹姿分明峻嶒，但卻謙沖可親。與它爲友的松似乎過於嚴肅，而梅則近乎神祕。盈盈綠竹，環節標高，卻總是低眉俯首傾聽每一個過往者的心事，無花無果，清氣怡然而動人。據說莫干山碧竹成林，密密紮紮，望之儼然，愛竹的人到此，便可以頓入「我常愛君此默坐，勝見無限尋常人」的意境裏。惜我生平所見，多是竹叢而非竹林，但即便如此，童年印象中，竹叢的潔淨與清幽，已然令人難忘。有時在山徑的拐彎處，未見竹而已聞咿呀低語；有時在田野旁，隨時可以摘一片竹葉摺成小船，隨著溝洫流向遠方。不知爲何，柳樹垂枝的溪畔總是潺湲清澈，而穿透竹林的夏風，也給人特別的涼意，如果說雲是松的訪客，雪是梅的妻子，那麼風與竹的關係就是澹如清水的知交，過往從無甚密，卻給人無限的幽靜與無限的自在。

可惜兒時田邊山崖隨處可見的竹叢，近來隨著都市化而消失，馬路、樓房與停車場取而代之，我的心裏也因此少了許多靜謐的晨昏。近來所見的竹，多是因庭園造景而栽種的，有時在喫茶店外的花壇中俏立一排綠竹，似乎想藉此阻隔一些紅塵的擾攘，爲窗下談生意的人汲取半泓沁心的涼意。這些竹林有時襯以假山或人工瀑布，有時雜以其他花草，施打特殊肥料的竹生氣蓬勃，全身綠得亮眼，觀賞這樣的竹，雅趣已脫，彷彿只是在觀賞現代都會人們的寂寞與無奈罷了。

傳統文化裏對竹有根深柢固的見解，取其特色以象君子、象忠臣、象隱士、象賢達……。而森森於都市裏的竹能以之象徵什麼呢？在我看來，他還是君子、忠臣、隱士與賢達。雖然環境逼仄，但他仍堅定地守節而常綠；有時風起（相忘於江湖的日子呵！），他仍以一身塵埃唱著昔日無憂的歌。城市之竹，是歷史裏失志的君子、被昏君辜負的忠臣、迫於生計而宦遊的隱者，沒有酒喝的賢人，當旁人爲他壯烈的命運撰史賦詩、慷慨悲歌之時，他仍一逕那樣與世無爭地沐著斜陽，眺著遠山，欲語而無語，似乎已看透了人們的看不透。城市之竹用自身的品格接納了命運，並藉此完成人生適俗與否的難關，而所謂「節操」，或許也意味著不因環境而改變本心的態度吧！較之於山中幽篁總是俯仰無愧的愜意，塵寰靜碧另有一番深沉。默對此君，探幽賞愛的情緒不再，取而代之的是油然的敬意，也爲這些愀容的君子忠臣，輕發一聲喟嘆。

商人在店面兩側的花壇栽種竹子，景觀設計師將竹子移植庭院，他們無非是想挽留古典情韻，創造傳統文人清雅虛靜的文化氛圍。竹子歷經了相當長的時間，才從實用而成爲象徵，由象徵而進入藝術的領域，最早畫竹的藝術家據傳是王維當然已不可確信，不過竹在宋朝以降，一直是文人畫中的主角。文與可避俗所以畫竹，鄭板橋適俗所以畫竹，他們一位守靜，一位抱眞，都是性情中人：「昨自西湖爛醉歸，沿山密篠亂牽衣。搖舟已下金沙港，回首清風在翠微。」在詩人與畫家的筆意裏，留住了文化對竹的一份深情，至少讓我們今天還有可堪回首的翠微與清風。古人臨摹秀竹，往往稱寫竹而不云畫，從筆法來看，幹以豎筆，枝借橫筆，葉有點、捺、掠、挑諸法，而佈局的疏淡，掩映相呼之態，不僅與書法，與文學創作原也是同一機杼。因此「寫竹」不僅是一篇書法，也是一篇文章，遠近濃淡，皆有斑斕的秀色。去年過年的時候，收到了多時未見的朋友從國外寄來的賀年卡，是一張竹林積雪圖，粗枝大葉的墨竹承著白雪，清寂而肅穆，留白處落了一句詩云：「年年此日報平安。」濃郁的年節氣氛裏這小小的圖畫卻帶給了我無限寧靜的遙想，人間的節慶最庸俗最擾人不過，但「平安」兩字卻安頓了所有煩惱；畫片上的竹，在雪中那樣傲然地出塵，又那麼樸拙地入世，這樣的意境，比起無論是怪石中的幽蘭，或是銀瓶裏的菊花，都使人有更遠的會心。

但我更喜歡細長的墨竹，用瘦金體表現蒼勁的精神，總以爲這才有「修」的美感。一幅不宜多，最好一兩株即可，而且枝要疏葉要少，這樣才可取「君子之竹，遺世而獨立；小人之竹，相依而相偎」的意思。修竹看似孤單文弱，其實不然，畫家常藉風勢表現竹的韻律與韌性，像元朝的覺隱和尚嘗以怒氣寫竹，所寫就是葉勢飄舉、竹枝縱橫如矛刃錯出的豪情，可見竹雖謙沖，卻不迂腐，也有揚眉拔劍的時候，不過出家人火氣忒大，卻是少見。

因爲愛竹而種竹，可惜我園藝奇差，只懂澆水，不諳施肥，加上公寓房子先天環境不良，兩株小竹雖也攢高挺拔，卻總有枯淡之色。但能在窄室裏看到竹葉輕擺，便知微風來到，心情也隨之涼爽了起來，在竹風綠影裏看書發獃，遍撫人間無情歲華，那已是無可奢求的享受了。有時夕陽燦爛，竹影投射在窗簾上，信知鄭板橋所謂「凡吾畫竹，無所師承，多得於紅窗粉壁日光月影中耳」並非虛言。

窗外的竹影帶給我許多清幽的樂趣，但那樣閒澹的情境卻恰成了繁忙生活的對比。日夜奔波，案牘勞形，每日就在爭名奪利裏虛度了，現代社會的匆促就是使人不去多想，爲何、爲誰、或歸因於無奈？春天的校園爛漫似錦，在繁華盛處的時候勤蜂舞蝶好像也忙得極有意義，不數日風飄萬點，綠葉成蔭，回首昨日的熙攘宛如一夢，也許再不多久，西風驟來，白露冷霜，大地的一切便又回歸蕭瑟，而此時誰又堪問生命的意義何在？踏過軟泥，彷彿走過春事的殘芳，據說竹子是不開花的，當它開花之時，也就是死亡的時刻。

回想起許多年前，課堂上白髮的教授告訴我們，竹子並不是因爲開花而死亡，而是因爲預知了死亡，所以趕緊開花。

原來，竹子在常態底下不靠花粉傳播種子，而是以根部分裂新芽，也就是筍，然後才慢慢長成新的個體。因此一片竹林，其實每一株都有同樣的基因，其根部也都是相連的。但是竹子具有探測微量元素的特殊能力，一旦感到地力將盡，已不再能負荷群竹之所需時，它便以最後的養份開花，讓花粉隨風遠颺，落在新的土地上，重新開始生根發芽，經過數十年後蔚然成林，而原先的竹林則因爲養份耗盡，終於全數枯死。

當時有同學感嘆：「這麼悲情地去延續物種的生存，意義究竟何在？」

這麼多年後我才漸漸明白，也許生命的意義本來就不堪追問，它單單只是展現自我本身的存在而已。這道理其實易懂，只是人類因爲多智多情，反而偏偏不懂了，多智，便不願意把事情想得純粹，總以爲萬物之旨都在楬櫫某種眞理；多情則不免把自身的價値與理想投射在每一件事上，這也無怪詩人見到離亂後的宮殿，不禁要問「細柳新蒲爲誰綠」了。因此我應當不要問同樣在生命裏，竹爲何悠然而我爲何勞頓才是，應該只是傾聽葉隙間的密語，詩原本就是那無意間被聽見的話，也許這樣的聆聽我就能理解竹，理解君子、忠臣、隱士，理解生命裏所有的奧義。

「瞻彼淇奧，綠竹猗猗。瞻彼淇奧，綠竹青青。」那天我坐在公園裏讀報，身旁的竹子隨風吟唱這樣的歌，塵市裏任何小小的瞬間都充滿了喧囂，但也許誰也不再聽見什麼了。我不知道公園裏的竹會不會感到寂寞，因此經常帶著自己的寂寞來到這裏而彷彿聽見了什麼。據說除了食物，竹製品已經完全可以被塑膠所取代。我在竹影畔看完這則新聞，心中一面想著那些翠綠的塑膠，一面感到了漫衍的荒蕪。

當時一對碧鳥從竹叢裏飛起，掠過我的眼前。清風悠然，隨目遠眺，不久牠們的身影就消失在城市的豔陽底下了。

輯三

少年貧

有人在我的部落格上留言：「千金難買少年貧。」仔細想想，非常有道理。

要學會怎麼花錢享受生活非常容易，但要學會怎麼克制欲望，追求更心靈的東西便沒那麼簡單。「貧窮」強迫人割除過多的物質生活，脫離了無謂的享樂是回到眞淳初心的重要契機。資本主義的社會不斷刺激消費，商人調動大量的資訊來讓人產生消費欲望，倘若經濟稍有基礎，不免在這些誘惑中打轉，當人生只能在消費中找到快樂，生活被這些其實並不是眞正的需求所包圍，那麼最後終將失去快樂的能力而淪入虛空。

孔子說他自己：「吾少也賤，故多能鄙事。」少年時候的身份低微與家境清寒，讓孔子懂得「鄙事」之操作，「鄙事」也就是古代勞動的工作。這些勞動工作也許不多困難，但重要的是要有去「做」的心願。一個人不被逼到某些關頭，就算去做這些事，往往也不是眞心的，不是眞心，便不能眞正體會這些事裏面的苦樂與其「道」之所在，如此便不免失去了許多成長的機會。

生下來便是富翁，一輩子不必付出什麼也可不愁吃穿，那是讓人豔羨的；但憑藉著自己的奮鬥，創造自己的財富與人生，似乎比前者更幸運也更快樂一點，至少他和晚輩吹噓自己「白手起家」時可以眉飛色舞，人原來有一種創造與征服的欲望，貧困往往是年輕時一個相當好的磨練對手。

我不知道我少年時的家境是否稱得上貧困，至少我們有自己的房子可住，也沒有欠繳學費的事。不過，我的父母非常節省，家裏裝的都是最簡單的日光燈，父親喜歡到處關燈，刷牙時水龍頭沒關也會被罵，我們很少上街買東西，媽媽去「福利社」只買生活必需品。我們到哪都是騎腳踏車，連坐公車也是很奢侈的；印象中一年頂多過年時去看一部電影，而且父親是不去的，我想是爲了省錢。有一回，我去父親的工地送東西，他指著一堵紅磚說把兩塊磚頭從一樓搬到四樓是一元，算算看一部電影那時要一百五十元，就是將三百塊紅磚從一樓挑到四樓，這是我對金錢最初的概念，從此，每一元對我來說都是沉甸甸、汗涔涔的。

家裏的經濟不寬裕，因此我也有一套省錢的方法。我常騎著腳踏車到光華商場買二手書看，那時東方出版社的書一本五十五元，光華的二手書大約十五或二十元，同樣的錢可以多買兩本。一整年過期的《讀者文摘》只要一百一十元，所以我們都是看去年或前年的，但也一樣津津有味。我曾想買一雙溜冰鞋、一個兩層多格的鉛筆盒、一套四十八色的彩色筆、一雙愛迪達的球鞋……，但父母從來沒買給我；老師叫我們在課本上包上塑膠書套，但我從來都是用舊的月曆紙。我們難得全家合吃一支沾蕃茄醬的炸雞腿，吃了一塊想再挾時，想到媽媽可能還沒吃，只好默默算了；麥當勞初次登臺，爸爸去買了一個漢堡回來，說貴得離譜，用菜刀切成四份，我們家有五個人，他自動放棄品嘗的權利。

當然，貧窮不是沒有壞處，上國中時發現自己近視要配眼鏡，父親非常生氣，那可不是要多花一條錢嗎？他便叫我拿他的舊老花眼鏡架去隨便裝個鏡片，從此我成為全班的笑料。後來發現有脊椎側彎的問題，家裏也沒錢去檢查治療，父親叫我走路抬頭挺胸就自然會好。有一回班上一位同學家裏有喪事，全班要合送奠儀，我不想花這錢就瞞著沒說，導師聯絡家長後甩了我兩耳光叫我罰做一個禮拜的值日生，讓我再次成為全班公敵。

想想這些事，幾個小錢都能解決，但它們卻一次又一次絆倒我，所幸到目前為止都還無恙，可見少時的貧窮只能造成一時的傷害，但不會帶來永遠的毀滅。

時移事往，為錢所苦的日子不知不覺已成遙遠的回憶了。

臺灣的整體經濟慢慢轉好，多數人的生活也好像跟著比較寬裕一些，不過自己能支配的金錢到底還是十分有限的。待我上了大學，便開始自己打工，無論多遠的家教、多大的風雨我都騎著二手機車勇往直前，我想拿到那幾百塊，我告訴自己這比挑幾千塊磚頭到四樓輕鬆多了。學生時的心

之為「補充兵」，受訓的地點是成功嶺，啊！成功嶺，那個國旗在飛揚聲威豪壯的地方，曾經埋藏了我多年前的青春之夢。

第一次上成功嶺是十八歲，暑期大專集訓，驕傲而又動人的歲月。父親行伍出身，十三歲就從軍打天下。從小總覺得我孱弱得不能當兵是一件可憂可恥之事，每次晚餐，父親總以「以後槍都扛不動」來要求我多加一碗飯；每次登山，總以「以後行軍可辛苦哪」來要求我打起精神，因此我從小也為自己能不能當兵產生一種焦慮。而那時，我，十八歲，大學生，穿著並不合身的軍服站在成功嶺上，滿頭大汗，可以持著槍迅速地跑到定點立正站好，可以在晚點名時用丹田之氣大聲喊有，可以行一個標準的舉手禮，可以臥倒射中廿五米外的目標，「平明尋白羽，沒在石稜中」？……我幾乎要笑了出來，啊，父親，你可別小看你的兒子哪！

而此時，我又回到了成功嶺，懷抱著不同的心情，國家存不存在都是問題，連想效忠與敵對的對象都沒有還談什麼戰爭？以前我對長官畏之如虎，深怕「退訓」不能讀大學；現在長官視我們如蛇蝎，深恐我們鬧出什麼亂子讓他無法收拾，妨礙了晉升的契機。我這已屆三十有家有眷的老兵，帶著荒謬感重臨這片土崗，只是那九月溫熱的風，軍營裏窒悶的氣息，榕蔭、碎石路與班長，大通舖與饅頭還是一如昨日地歡迎我，呵，我這可回來了，事隔十年，樹猶如此。

其實一路南下的莒光號上，各懷異志的夥伴們就三三兩兩地聊開了，這充滿男性陽剛與汗臭的世界，話題所及不外乎在外面是混哪一行的，馬子正不正，以及漫談一些道聽途說的打混之道，事業大的交換名片，事業小的互敬香菸，一轉眼大夥就剃了頭、落了草，穿上迷彩服後斯文的張經理軍靴一跨倒滿像個殺手；矮小的碩士生王同學眼露兇光，儼然美國片中狡猾的越共；我去廁所洗頭時攬鏡自顧，只覺得活像一個剛入獄的詐欺犯，忍不住要再說一次謊：「鐵的紀律使我們鍛鍊成鋼……」三十五號，三十五號，外面有人在亂喊，我猛然想起那就是我，連忙尿完，洗手時水龍頭不懷好意地沉默著，喔，是了，成功嶺總是缺水，十年前就這樣。

所謂英雄來自四面八方，我們連隊上人人都是一身殘疾，所謂老弱殘兵者是也，我們又可以稱爲三高連，學歷高、家長親戚官位高以及血脂肪高，我們碩博士多、醫生多、高血壓或痛風的人多，還有達官顯貴的子弟也多，像游院長的公子也混跡在我們這隊烏合之眾裏，每天與我們一同唱歌答數，混吃等退。我們不能跑、不能跳、不能蹲、不能站，有些連坐都不行，坐一會兒就要起來走一走，因此只好每天集中在一個大餐廳上課，臺上的人不知所云，臺下的人聊天看書，金庸、哈利波特與壹週刊是最熱門的讀物，可空閒實在太多，到後來連東方出版社那種黃皮、封底印了一個古堡的亞森羅蘋都有人在看。

我們也有「室外課」。天不頂熱的時後，連隊走到「教練場」，黃沙綠樹，已有芒草在豔陽底下偷偷泛白，野狗飛鳥，偶來的清風總是讓我不自覺地感傷起來，夏天就這麼輕輕地走遠了，而沒有留下蹤跡。一路上唱著「蔚藍的天空燦爛心胸」的時候，總想把少年時，留在心底的一塊藍天豔影拿出來拭擦一番，但這才猛然省及那是早已不存在的東西了，不覺笑著自己也有過那種乾淨的夢與單純地相信國家的歲月呵。

而現在軍營就像一首單調而又晦澀的詩，每一個字都清清楚楚而又滿懷心事，大家都避談最實際的問題，風裏的國旗依然飄揚得那麼自在而理所當然，我耳邊總響起小時候《巴黎機場》的主題曲：「有誰能告訴我，一樣的彤日白雲，卻是兩種情懷感傷？回顧舊園暮色，在黑暗歲月裏，誰能喚醒故國愁？」胡思亂想之際，我們可能已在一棵大樹下坐好，班長賣力地在熾陽下為我們操演連長指定的各式戰鬥動作，看得出來個個都是練家子。就說刺槍吧，第一式是將上了刺刀的槍奮力往前一送，假設對方正面擋住，第二式便順勢以槍托由下往上撩攻敵人下陰，連長說發明這招的人是很毒的，在哈哈大笑聲中常常連長手機就響了，兩位表演的班長杵在半空中，一位還受到槍托嚴厲的威脅，他們一動不動等連長交代福利社送多少杯珍奶來，汗一滴一滴落在黃沙上。

大多數的時間我們都在教室「自習」，不外看看電影聊聊天什麼的。傍晚時分，一天的重頭戲才要上場，那就是與隔壁連的躲避球賽，是躲避球，沒錯，經過一番熱血沸騰的口號後比賽就開始了。本連代表隊，那些左右眼視差幾百度的、痛風的、手肘彎屈多少度以上的，氣喘、僵直性脊椎炎、坐骨神經痛、扁平足、精神分裂等等通通上場，視左擊右、竄高伏低、敵我不分、球來不避，幾十個大男人與一顆皮球就這樣幹開了，沒有親眼見到，眞是難以敘述其戰況之詭譎與慘烈，一直打到一邊被剃光頭爲止，所謂戰至最後一兵一卒是也，大家這才滿足地洗澡的洗澡，吃飯的吃飯。

不可否認，成功嶺的夜色格外旖旎，遠勝麥迪遜之橋。國旗歌畢，黃昏便輕柔地摩擦房舍與樹梢，將白天的嚴肅與沉悶擦成毛邊的溫柔，這時不禁會想起妻子的柔軟美好，冰啤酒與爵士樂，懶洋洋的晚間新聞與女主播……。晚上我愛寫信，用成功嶺的十行信紙與標準信封，而這年代寫信的人極少了，以前大專集訓時最羨慕有女生可以通信的弟兄，不過現在大多數的人都淡薄此道，寧可看哆啦A夢，只有我獨沽一味，在字句中向妻子抱怨今天停水沒洗澡、一雙襪子不見了、除草被蚊子叮等等瑣事，而這些瑣事似乎佔滿我成功嶺的全部記憶，慚愧，那原應是一個要去「擔當國家興亡、衝破驚濤駭浪」的地方。

五週這般過去，莫名其妙地入伍然後退伍，還領了八千塊軍餉，在一個你想爲國家做些什麼都不可能的環境裏，慢慢就能體會世故的況味。那些太過平凡而不得不互相傾軋的人性，太過簡單而不得不一再重複的言行，太過無聊而不得不玩弄的手段或心機，這些讓我在軍中經常要努力才能忍住不笑出來，而看到大家入戲的那樣眞，有時我又無比的孤獨與無比的慌張。

退伍那日，整個部隊也要移防，我們最後一件事是把所有的東西搬上軍用卡車，空空的營房秋陽曬暖，連長說記得常聯絡，一時還眞讓人鼻酸。坐上遊覽車，十月溫熱的風，不知何處新兵的軍歌，營房裏窒悶的氣息，榕蔭、碎石路與班長，大通舖與饅頭，還是一如昨日地目送我，以及衰老的夏日……離去。

133

河

園花寂寞

母親的花園離地面三米多，在她老公寓二樓的陽臺上。這麼多年了，花開花謝，我也弄不清母親栽蒔了多少植物，鮮豔的長春花、薔薇和聖誕紅，終年常綠的萬年青，小小的榕樹和詩一般的海棠，吐著幽香的茉莉，還有各式各樣攀在蛇木上的蘭花與複瓣的曼陀羅，以及我叫不出名堂的碧綠或妍彩，總是依尋節候，將人境廛居化爲繽紛花房。

我每週回去探她兩回，在夜幕低垂的時分，如果我到的有點晚了，便見她在花木間眺盼，爲我開門；而我離去時，下樓了，總還見她立花叢間目送我騎車離去。那些花木燦爛在季節中有時帶點寂寞；那立在花叢後，燈火闌珊處的身影總使我低迴。

蓮池畔的垂絲

昨晚回母親那裏吃飯時，母親突然問我明天有沒有事，我說沒事。母親問我能不能陪她去看牙，她說有一顆牙已痛了一個禮拜，光吃止痛藥也不是辦法——「怎不早講，」我有些惱怒地打斷了她的話頭，「妳早說我今天就帶妳去長庚看一下……。」「太麻煩了，」母親有點畏怯，「你那麼忙，就明天，你陪我去名泰，我叫醫生拔掉算了，長痛不如短痛，只是要拔牙我有點怕，你陪我去我膽子大一點。」我問她真的不去長庚，她說不用。

母親雖然七十好幾了，一個人住在舊家，心臟不好，又重聽得厲害，可很少要我幫什麼忙，總說我太忙了不要擾我。上一回，已是兩三年前的事了，一個老街坊和她借了一點錢，遲遲不還，她邀我陪她同去問問，其實人家也很不好意思，當下就悉數還了。回家時母親很雀躍，連連稱讚我有用……。我只能笑笑，說是感謝主什麼的。

今天的陽光很好，我過去時，母親正在陽臺上舀了泡著蛋殼的臭水滋養著那些壯實的草木呢。她挽著一個布包，好像要去郊遊似的下樓。一路上陽光曬得我冒汗，不過母親的手有點冰涼，我問她有沒有不舒服，她說沒有，只是沒睡好，遲疑了一下，她說老是做一些亂七八糟的夢，我問是什麼，她說就是公公婆婆（我已逝世多年的外公外婆）來找她，坐在客廳說想吃茶葉蛋，她趕快去廚房拿了兩個茶葉蛋出來，他們就不見了，她就醒了，睡不著了，一直到天亮。「不要擔心，不會有事的。」我喃喃自語，也不知她聽進去了沒。

名泰齒科雖然好像新裝潢過，不過實在是舊，診所裏連護士什麼都沒有，就一位老醫生。他溫和地笑了笑，問母親是怎麼了？母親說牙痛了很

含糊地說要我回去了，我問她中午是不是眞的有東西吃，她點點頭，晚上呢？點點頭。她有點疲倦地笑了笑說謝謝我，一股悲哀感從心底湧起，我說感謝主，沒事的。

和往常一樣，她在小陽臺的群芳怒放中目送我離去。一路上騎著車，陽光耀眼，塵世紛紛，這條路原本是個不加蓋的大水溝，兩旁是竹林與菜圃，孩提時我們都說它是一條河。母親常帶我們在這河邊散步，她會用竹葉做一條小船，隨著河流，不知要流到什麼地方去？「在河的兩岸，長著生命樹，葉子不枯乾，果實也不斷絕，因爲這水來自神的花園。樹上的果子可充食物，葉子乃爲治病。」母親現在還偶爾在主日去聚會，不知她有沒有讀過《舊約．以西結書》的經文，將生命喻爲一棵樹的先知的故事。

暖風柔拂，我想起那顆帶血的牙，想起那深藏的笑容以及風裏搖曳的花草，不知爲何，我想找個什麼地方蒙頭大哭一場，可我沒這麼做。回家後，我努力微笑著對來關心的妻子說：沒事了，感謝主，沒事了。

東海夢憶

說起王安石這位拗相公，大多數的人總有一些不好的印象，這些負面觀感不知是否來自中學國文課本裏的〈辨奸論〉，好像北宋朝政是被他一人刻意傾覆的一樣。不過文學裏的王先生遠較政治裏的王丞相有趣得多、可愛得多。王安石的詩興飛動，宋朝除了蘇東坡、陸游等少數大名家，大概很少人及得上他，連一代文宗歐陽修都要讓他半步。而我也一直覺得，一個能在詩歌裏寫出眞情意的詩人，應該不會壞到哪裏去才是。

王安石在四十八歲入京執政，走過「西太一宮」，信筆在宮牆上留下詩句：

柳葉鳴蜩綠暗，荷花落日紅酣。三十六陂春水，白頭想見江南。
三十年前此地，父兄持我東西，今日重來白首，欲尋陳跡都迷。

這詩映紅染翠而神態蒼然，訴說人生裏輕輕的一嘆。不知爲何，讀罷掩卷，總讓我憶起我在東海大學的許多陳年舊夢。

東海在我的回憶裏究竟賸下些什麼呢？

初春晚夏，薄秋嚴冬，是茂密的相思林與遍地華蔭，還是寂靜的檐角、迴廊的跫音，東海是壓在玻璃板下的明信片，自遙遠的昨日寄來。

在我唸中學的那個時代裏，大學就像是一個遙不可及的夢，那時每個人都告訴我，東海大學是臺灣最美的校園，我也深信不疑，因爲只有在那樣美麗的校園，才會有司馬中原老先生的小說《啼明鳥》中那麼美麗的故事。更何況少年時代我最景仰的詩人楊牧、散文家許達然，都是東海的校友，此外，楊逵不也就在東海花園揮鋤筆耕嗎？還有藝術家蔣勳、女詩人敻虹，或許就會與我在文理大道的石級上擦肩而過……懷著許多年少憧憬，我離開熟悉的臺北，來到東海大學這個深具文化情懷與自然景觀的校園，並且因爲崇拜杜維運先生的學術成就，於是我也選塡了歷史系，像是一個渴慕大海的孩子用指尖觸碰到了浪花的尖端，在南下的火車上，我的心是一張漲滿的帆。

東海的確是一個處處充滿啓發性的地方，對於一個剛剛高中畢業，歷經了長年制式教育的大孩子而言，這種精神上、智識上與修養上的啓發彌足珍貴。我在東海的歲月裏，從來沒有找到任何一個問題的答案，包括學術上或是人生上的，但我每天不斷發現新的機趣。大約是對於校園的景觀有著一份自豪，甫到東海，總有人在有意或是無意間談到校園內一磚一石的特殊來歷或是設計意義，我漸漸體會出來，這所大學的美，並不是來自蓊鬱的樹林或別致的建築，而是她整體而言，是一種理念的實踐，這種理念，又來自於對於學術、對於人生、對於生命的一種純眞體認，因此她充滿了理想主義的人文氣質，以及自由主義的理性思索，正因如此，東海之美不是巍峨懾人或是五光十色的絢麗，而是幽深淡泊的寧靜中所表達出來的活潑與自適。

臺灣的社會是一種線性的發展模式，往往只崇尚單一的價值與追求單向的目標，因此有時過於積極與世俗，使人覺得平板而乏味。但東海的設計卻非如此，在她的園林中處處是顯與隱的對話，進與退的斟酌，那麼適切地調合中西，並讓物我相忘於江湖，像是太極中的靜與動，巧拙之間自有一派氣度。傳統文化、基督精神與大學理念……這些元素看似並不相容，但在設計者的安排下彼此相互映襯，反而得到更加完整與深刻表述。這些理念的實踐讓我們這一代懷抱傳統文化不深，又接受西方文明尚淺的學子，總能夠放下厭倦的火氣與無適的不安，在校園中重新思考學術與生命的點滴內涵。

經過一年的生活與學習，我在大二的時候終於還是體認到自己缺乏治史的才情與氣度，而文學對我又有著不可言喻的吸引力，於是便申請轉入了中文系，所幸文史在中國傳統的學術裏並不是截然無關的兩個學門，而大一修習的又多是一般性的課程，所以並無耽誤。然以讀書環境來說，東海實是一最適合，但同時也是最不適合的地方。她有太多的樹蔭與清風，你可以隨意坐下展開書頁，但也極容易就此徜徉了過去；她有太多可愛且風格獨具的咖啡店，你可以在那裏談文學、論藝術、說電影或是話音樂一整個下午，但也往往錯過了該去上的課，該去讀完的書，因爲好香的咖啡你會忍不住想喝第二杯，與朋友的話頭又才剛剛引燃。而時間，在大度山上永遠是明天之後還有明天的從容與不迫。四年下來，只是一瞬的光陰，只是了無遺痕的一場清夢吧！

東海大學還有個奇特的「勞作」制度，凡大一新生必須義務打掃校園一年，這項措施後來好像亦廣爲其他大學所接受，這種制度當然也是源於環境教育的理想，雖然我們有時不免怠惰，但「參與」的確是讓每一個個體融入並且認同環境的最好方式。我負責打掃文學院的草坪，在鳳尾竹與老榕樹間拖著掃把，掃卻了來到東海第一年的四季，理出了一條通往內心的祕密小徑。楊逵有首歌曲〈愚公移山〉，歌詞是這麼說的：

大肚深似海　水清可見底　大肚山不是臥龍崗　黃袍在故宮
我們要好好學挖地　要深深地挖下去
好讓根群能扎實　從現在就要學挖地……

輕快的歌聲帶我在一刹那間回到了過去，那個相信理想存在，並且願意追尋某個理想而放棄一切的少年時期。對於土地的深掘似也是對於自我內在的反省，這是不是「勞作教育」的宗旨我不知道，但東海最可貴的情誼，並不是在於頒發了學位證書給曾經在這裏唸書的我，而是給予我一個機會，來爲這片美麗的、理想的夢土去流一滴汗、費一份勁。他們都說：「東海的一切是每一個在這裏駐留過的人所創造與留下的，從磚木土石，到樓閣殿宇。」對於常偷懶的我，這樣的說法實是過高的榮幸，讓我愧赧不已。但大肚能容的她都默默包容了，那些年輕的不懂事，那些人性的不完滿。

大度山既是慈母，又似密友，我曾站在宿舍的欄干旁與朋友無目的的亂聊，那時初夏的晚風從夕陽深處吹來，那種美好卻無法挽留的逝去，總使人想起了村上春樹的小說，青春面對無法解釋的無奈與孤獨。我也曾走在假期中的校園，濕冷的雨像是一首晚唐的詩，或是一幅明朝的畫。我的情感與理智都在東海的校園中萌發、成長，如今也對那段日子有著無盡的懷念。

我的婚禮也是在東海完成的。

妻子與我是碩士班的同學，我們在這裏相識相戀，因此一致覺得應該在這片美麗的校園中接受祝福。我們的婚禮選在詩人節於馳名中外的路思義教堂舉行，陰晴不定的六月，陽光從教堂一線天窗灑落，眞似上帝的祝福，也讓人驚嘆教堂設計者動人的神思。

唸書的時候我們喜歡在校園裏散步，從地勢最高的圖書館，走下地上漫流清光的文理大道，穿過教堂的草坪，沿著密樹，校長公館、院長宅、教職員宿舍區……一直走到牧場的側門，穿過馬路去亮晶晶的小店喫一碗茶。黑夜中星河斑斕，樹叢間的窗口隱閃微光，有時透著雄辯，有時夾雜鋼琴練習的旋律。我們也曾在清晨散步，我在女生宿舍大門外的菩提樹下等待，滿天流雲，像鄭愁予的詩〈晨〉裏面那樣描述的：「鳥聲敲過我的窗，琉璃質的罄聲，一夜的雨露浸潤過，我夢裏的藍袈裟，已掛起在牆外高大的旅人木……」然後我們相約，輕輕穿過木葉的香氣，走向微曦底未散的薄霧。

記憶是一瞬間的存在，亦是一生的相思。畢業之後，很難得才能回東海一趟，有時聽朋友說起，某某地方又蓋了樓房，某某教室遭到了拆除，某某處新闢了一條道路……，這些時候總是失落的，覺得自己的記憶遭到了未曾告知的侵犯，在情感上無法接受「盡是劉郎去後栽」的改變，彷彿自己被排除在這個曾經熟悉的空間之外，無法將過去的熱情與現在一同分享，亦無法對新的一切培養出濃郁的感情。然這實是可笑的，我們不可能永恆地將某個空間佔為已有，我們只是時空交會處的過客而已，雖然有著情感延續的期望，但也許更無私接納每一個時期的東海，正是相應了她在設計之初的原始理念：那開放與包容的心，是所有美感與智慧的泉源。

離開東海多年，在許多不同的城市，許多迥異的校園，煩囂的生活，奔忙的生命，東海在我的回憶裏究竟還賸下些什麼呢？

我多想與妻子再一次輕輕地走在東海的石板路上，對於人生還有著無限的茫然，無限的想像，穿過那些清香的霧或是黝暗的光，我多想再一次拿著書本，在老榕樹底下做一場青春之夢，或是在紙上寫下詩句，只爲歌詠一片飄落的秋葉，或是一隻遠飛的鳥雀。

「今日重來白首，欲尋陳跡都迷」……

這句詩深切我心，已中年的王安石來到少年時曾經駐留過的苑牆，即使景物依舊，大概也有太多不可追懷的東西逝去了吧！

初到東海，十八歲的心情，臺中是九月的藍天，炎陽蟬噪，父親爲我提著簡單的行李，我們在男生餐廳吃了碗麵，在活動中心買了蓆被，找到了寢室稍事佈置後父親便離去了，當時的確對「人生旅程」這句俗話感到了些許況味。今日回顧，歷歷如昨，然人事已然全非，雖是同樣的晴天碧樹，同樣的人去人來。

美景良辰，流光似水，東海在我的記憶裏是人間匆匆一夢，可以言說與難以表述的是沉謐的追憶與惘然，靜夜偶思，我想大多的人生風景，也許都是九月的校園那般映紅染翠而神態蒼然的吧。

梅花記

冬至一過，寒流驟來，據說今年因「北極震盪」讓北國為冰雪所覆，這幾天陰風冷雨所攜來的寒意，似乎眞讓亞熱帶的臺北有了一些冬天的味道。期末的校園漸有岑寂之況，躲在大衣與圍巾裏的眼神還是一樣溫煦，在走廊或電梯上偶遇，同事們除了關懷考試、成績或即將的遠行，大家都互道：「梅花開了。」

校園裏有三棵梅樹，一棵是白梅，另兩棵也是白梅。獨立的一棵生在文學院的旁門外，枝柯橫逸，頗饒古韻；結伴的兩株則攜手並立於行政大樓的一側，修剪成渾圓的傘狀，比較人工一點。不過現在這三棵老樹都開滿了白色的花朵，聰靈毓秀，不可禁當。古人嘗以「苔枝綴玉」來形容蒼然的梅樹枝頭白花點點，但如果你曾站在盛放的梅樹下，便會覺得「綴玉」之說不免雅過了頭，弄的像人造花一樣，沒有寫出那凜冽寒風中的蓬勃生意。

走在輕霧細雨的校園，我與妻女在樹下賞玩良久，彷彿有了神祕的提升與領會。相較於山櫻的妖豔紛呈，白梅的素淨更顯脫俗。古之梅者，總是在驛外、在斷橋、在廢園、在暗角，士人取其「不爭」爲君子之德。仔細品觀，梅樹迥不同於榕樹的慈祥愷悌，柳樹之風流瀟灑，更異於松柏之剛貞弘偉，而有洮洮遠致，不似人間所有。我覺得那清令的風度應是來自於一種透澈了生命後的淡漠，向虛空處去安置自我的神韻——佇立於此而寧靜是他的流水今日，讓人遙憶其淡泊如許的明月前身。清素的梅花實應寫入《晉書》的「高士傳」或杜工部的「佳人篇」中。

我成長在〈梅花〉那首愛國歌曲流行的年代，每唱到「愈冷愈開花」，不知爲何總覺得好笑，現在想來，這句歌詞實在俗得很風趣。不過我從小對梅花總有特別的好感倒不是因爲愛國，而是母親對我說過一個故事。她說有一年外公在陝北一帶統兵作戰，家人從杭州老家稍來消息，說是夫人有喜，時北國戰況陰霾但梅開如雪，外公便從遙遠的戰線上折了一枝梅花夾在信裏託人帶回西湖，這便是母親名字的由來。後來我讀到了「驛寄梅花，魚傳尺素，砌成此恨無重數」，書本上分析那個「砌」字用得如何之好，不！我心中似乎更明白「驛寄梅花」那個動作裏的遠思。人生裏如果還有不捨，如果還有眷戀，也許就是那夾在信裏，素馨一般的光景或人物了吧；而要拋下這如梅花般美好的一切遠赴他域，不就正是秦觀「爲誰流下瀟湘去」的喟嘆嗎？在中文系唸書時，老師要我們討論爲什麼久居長安的王維在偶逢故鄉來人時，別的都不殷勤，只詢問「來日綺窗前，寒梅著花未」？我與同學討論了半天也無答案。可惜那時我們沒有坐在這棵梅花樹下，沒有眞正讀懂梅花，或是王維，不然我們便能明白詩人的故土印象是如何地婉約與芬芳了。

　　因此梅花是遠遊時的思慕、寧靜片刻所得之回憶或人生裏有所澈悟等一切美好的象徵，一如波特萊爾執著於他心裏黑色的鬱金香，「像神祕主義者那樣眞正地進行自身的交談」。因此有人辨梅花味而名之曰「暗香」，尋其態而稱之「疏影」，暗、疏之流，不過都是潛意識裏的存在，總會於一些不經意的片刻流露，待回首重尋卻又渺無蹤影，「遇之匪深，即之愈希」，童年的幻影，詩人的靈光，都包容在一朵梅花自身的夢中。

如今我幸福地走過或短暫駐足於這三棵神祕而動人的梅花樹下，冬天還是很冷，但我有了一個純潔的遠方。許多鮮白細小的花瓣飄滿了泥土與石階，也許等到日子和暖了，也許等到幾陣風雨後一切都化歸爲春泥了，那時我將記得很多詩，虛擬很多瑤席、香箋、壽陽公主以及許多前世……。但也許我將和現在一樣，只是透過它的花瓣與枝葉望向無盡的藍天，也不想起什麼，也不記得什麼。

教誨

人之好爲人師，不知出於何種心理？我從未見過一個不喜歡指導別人的人，子路幫孔子問津，便被兩位老農夫教訓了一頓；張良走在橋上，陌生的老先生偏偏要傳他兵法；且不論韓愈特別寫了〈師說〉來申辯時人恥於相師的不是，便是豪氣如李白也期許：「如逢渭川獵，猶可帝王師。」而瀟灑的蘇東坡則感嘆無以爲師的苦悶：「便合與官充水手，此生何止略之津。」從古到今千千萬萬種指導別人的形式於今未衰，今日之好爲人師者，小至在網路上成立一個部落格教人如何「穿搭」；大至每週發一鴻文於媒體指導總統與行政院長該如何治國。歸根究柢，人要證明自我價值，大約爲人師是最方便的捷徑，最不費工本的行當。

許多人喜歡寫些有教誨意義的小故事，教人如何待人處世，這些故事多半十分善良可愛，一如細緻的板畫或橢圓形的瓷相框一樣，擺在那裏。偶然一瞥便有會心。

我猜那些創作這類小故事的人一定都有亮麗如教堂鐘聲的心，有一份穩實的工作，平常下午喜歡喝一點薄荷茶。他們管教孩子必然謹慎而不嚴厲，對待朋友熱情但不一定慷慨，買東西必然貨比三家但還要殺價砍零頭，從小可能愛讀《讀者文摘》和從事假日園藝。

古今中外淨多這類善良作者，網路時代這些小故事更是如潮浪般一再提醒我人應該怎麼做才算成功。上班時偷閒讀一下這些小故事，冷笑之餘再轉寄出去，就如他們所說：這些經驗與智慧可以爲世界帶來「正面能量」。

小老鼠躲在櫥櫃後，聽到孩子的媽說快將臘腸收進櫃子裏明天再吃，於是小老鼠便知道自己的晚餐何在。賣氣球的老人拿出剪刀剪斷手中的繩子，所有氣球都飛向了空中，所以，「孩子，能不能飛不在外形與顏色，而是在於你的內心裏有什麼！」年輕的女孩請潦倒饑渴的推銷員喝了一杯牛奶，多年後，推銷員成了名醫，努力治好了讓他對人生恢復信心的女孩。臨終的老人告訴三個兒子在葡萄架下埋了金子，三個兒子又挖又鋤，金子沒找到，葡萄卻長得又大又甜……。

多麼可愛的小故事啊！就像媽媽枕邊溫柔的低語，世界純淨而善意，恰到好處的歸宿是一杯冬夜的熱可可，那教誨無論是傾聽、信仰、慈悲或勤奮，還是其他什麼的，都無所謂了。

有教誨意義的小故事不一定給孩子看，〈枕中記〉裏盧生醒來後對呂翁說：「敢不受教？」其實我們也一併體悟了人生榮辱原是十分空幻的；讓我百翻不厭的《齊瓦哥醫生》，最終不是也揭櫫了人們追求理想，卻反而埋葬了理想的悲哀嗎？不過可以相信的是，無論是爲了宣揚某些想法而特意寫成的小故事，或是爲了時代、人生和藝術所撰成的鉅著，應該沒有什麼人眞的從裏面得到教訓，因而改變人生觀或行爲方式吧！這是教誨小故事最好的地方，讓所有讀者吃了糖衣而沒吞下藥丸。

錢鍾書《寫在人生邊上》有〈讀伊索寓言〉一篇，以「誤讀」來解構其寓意——人應記取蝙蝠的教訓，故在鳥類裏要充獸，以示腳踏實地；在獸類裏要充鳥，以明高超出世。而錢鍾書給我的教訓是：只要稍一用心，每一件事都會使人起疑；換個角度，可能更加接近眞理。只是這樣世界就既不純淨也不善意了，湖水再澄也禁不起居心叵測的攪和。

近來我成爲教誨小故事專家，孩子遇到問題，我就要編個故事來疏導一下：小貓因爲挑食，運動會得了最後一名。小狗勇敢睜大眼睛點眼藥水，從此在晚上也能看得很清楚……。小女很喜歡這些故事，一直問後來呢、後來呢？後來故事講完了，挑食的還是挑食，眼藥水依然沒有點成。

其實我應該早有覺悟，世上本來就沒有眞正願意受教的人，當然也沒可能會被這樣幽戚的小故事所教誨吧。

欺之以方

世界是一個大賭場，處處充滿騙局。不僅是網路上林林總總的照片與傳言，大人物堂皇的理想、小人物高尚的情操；或是古今中外感動人心的故事，待之以時間，證之以結果，眞實的成份往往日益稀薄。滑稽眞相一旦暴露，眞不知該感嘆世道險惡還是自己天眞？謊言就像安眠藥，信與不信是自己可以決定的，但多數人選擇相信，也只是想讓荊棘遍佈的日子好過一些，只是成癮後，生活就不能沒有這個能讓我們安然度世的藥丸，於是世界便有一群人賣力製造與販賣謊言，一部份的人購買並享受其中樂趣。

騙與被騙是一個很微妙的關係：有一種時候，即使明知是騙局，還欣然上當，樂在其中，那可眞是最幸福的；其次是被騙了，但是終其一生都不知道，那就無所謂幸或不幸可言；而在上當的一秒鐘後或是數年後才驚覺，並因此產生憾恨，那就是人生的痛苦根源之一。人的一生，可能都是一部漫長的受騙史，「防人之心不可無」，或許就是防治詐騙的最初警語。

我是經常被騙得團團轉的那種傻瓜，小的時候，同學隨口說放學後在校門外的大樹下集合，我還眞會傻等到夕陽西下。中學的時代，我竟然深信教育部長說要杜絕補教歪風，高中聯考以課本為命題範圍，因此我不上補習班，也不買參考書，只把課本上的題目作得熟透，待坐定考場，一看考卷，我才赫然發現這些題目乃是以課本之「原理」，加上了許多變化而衍生出來的。瞠目結舌之餘也僅能奮力當一個誠懇的落榜生。一直到了大學，還是沒有長進，當時班上有一個同學是年紀比我們都長的僑生，我與他也不算太熟，他有回學期末突然很急切地打電話給我，說回香港的機票因為匯率等因素，差了幾千塊，問我能否墊一下。以學生的能力來說，喝杯青草茶都是要稍微考慮一下的，幾千塊當然不是小數目，但我似乎感受到他的焦急，幾乎是沒有任何遲疑地悉數借給了他，不過，數日後才聽說此君沉迷賭博電玩欠了不少錢，正到處訛詐，我心中一涼，錢當然是要不回來了。

成家後，總覺得自己精明不少，不過仍然難逃被騙的結果。有回妻子出國了，一人在家，突然有人按門鈴，一配掛證件的男人說是政府立案的瓦斯公司要做免費的安全檢測，我竟不疑有他，放此君進門，畢竟「瓦斯」是很危險的東西。他拿了個儀器東嗅西聞，一下請我開熱水，一下點爐子，突然那儀器紅燈亮起並嗶嗶作響，「這裏這裏，」他指著一條管子說：「有漏氣喔，你都沒聞到嗎……？」於是我花了三千五百元裝了一個「有專利」的「瓦斯防爆器」，數日後，報紙刊出這是一個瓦斯器材行的假推銷，要大家不要上當。正在懊惱時，此公司的「總裁」竟然跑出來說他們是政府立案的社會安全單位云云，完全是在做服務……，搞得我至今不知自己到底受騙了沒？後來我一向敬佩的大作家廖玉蕙老師傳了一篇作品給我看，原來她早遇過這種瓦斯黨的事，只恨我讀書不精，還是重蹈覆轍。

在學校中，學生也會騙我，就是作業遲交胡編理由或找人代作而不承認等，每年的六、七月是騙人的高峰期。有年暑假初始，一位我沒什麼印象的外系的女同學來電，邊哭邊訴，大意是說她本來修我們的輔系，因此有選我一門課，但因種種原由，她要放棄輔系，因此整學期都沒來上課考試，但現要要畢業了，學校卻說她沒退選課程，這樣依然要算學分，如果我給她打零分，她不僅不能畢業，還會被退學，還要賠償一大筆助學貸款……總之很複雜、很緊急也很無辜就對了。「那麼我能做什麼呢？」顯然她是有備而來，她說她幾號前一定要拿到畢業證書，盼我能先打出成績，然後她會補上三份報告，並且在下學年盡量來「旁聽」上完這門課。結果分數是打了，但報告與其人一直遲遲沒出現，日復一日癡癡望著空的信箱，這是〈沒人寫信給上校〉的臺灣版。其實我有她的手機，但我一直沒有勇氣撥給她。被騙的往往比騙人的更加心虛，木心在〈街頭三女人〉一文中敘述一個陌生女人和他借電車錢，轉身卻去買了包菸抽了起來，把一切看在眼中的木心寫得真好：「我迴身快步走，怕她發現我，我不是那種有意窺人隱私的人。」

我慢慢覺得，容易上當的人無論如何都是不會進步的，那是天性，就像猴子愛吃香蕉，並不因成長而改變，也不會因教訓而警覺。不過我也經常安慰自己，很多英雄豪傑都有上當的經驗，例如金庸筆下的張無忌，從小被騙到大，不過他還是練成了絕世神功與擄獲美人芳心，可見傻人有傻福！

從勝敗的觀點來說，騙人的是勝利者，但我總覺得，受騙的人不過就是一些心情或金錢上的損失，隨著時間，終會慢慢彌平。但騙人的，固然有一些收穫，但在騙人的那個心理機制啓動的剎那，人心裏的某種東西，就像沙漏一樣慢慢地流失了，是什麼呢？我並不知道，那種東西就算全部失去了，其實人一樣也可以好好的活著，沒有任何不適或異狀，但其實他自己都會隱約感覺到，有些什麼彷彿不存在了，心中有一部份空洞了。有時，從一些眼神或是語氣似可探出端倪，那時我真想大喊：「不要失去啊，那流沙一樣的東西。」因此我總是很想勸服那些正在騙我的人和我實說，或許我可以加倍地幫他們度過難關也不一定。不過我總是什麼也沒講，就讓他們騙下去，很鄉愿地認爲當面揭穿別人說得正開心的謊言是一種非常不道德的事，我也不是「那種有意窺人隱私的人」。

我慢慢懂得，因爲人類資源有限，也因爲人與人之間有極深的隔閡與不信任，所以才有「騙」這個行爲的產生，看那海邊無數的細沙，或許就是從我們心裏遺漏的吧！那是人類生存悲哀的象徵。有了這層覺悟，每當接到詐騙電話——中獎啦、被法院通知啦、你不記得我了嗎……這類，便收起以往想要叱罵或戲弄的心情，只是輕輕掛上電話。不過說也奇怪，這些人總會不厭其煩地一再打來，甚至罵人——騙子往往是最理直氣壯的，不然怎麼當騙子呢。

不過有一種人卻很能享受被騙的樂趣，《孟子》記載，智者子產獲贈一條活魚，子產命「校人」（管池沼的小吏）養起來，這傢伙不但偷吃了活魚，還欺騙子產說那條魚放在池中，一開始「圉圉」（要死不活的樣子），不過，一下子便開開心心地游走了，子產高興地直說：「得其所哉！得其所哉。」子產眞的被騙了嗎？還是他選擇「相信」來讓自己開心呢？他所相信的或許不是那個小吏，而是相信人性中存在著善良與光明，以及一個生命回歸天地的自由與快樂，這樣的心境，不是比每天活在懷疑和督責的緊張中更怡悅嗎？《聖經》裏也說愛就是「凡事相信」，所信者不是謊言，而是相信在謊言的背後也許有著不得不如此的理由，相信騙徒的心中，也存在著某種不安與痛苦吧！

近來我常騙三歲的小女：不乖乖吃飯警察會來抓她、不去洗澡玩具會變不見，這好像比打罵都見效。不過我也常被三歲的她所欺騙，例如久久沒人陪她玩時，她就會拿著一張圖畫紙跑來說不會著色，拉我離開電腦到她的小桌上，握著她的手「教她」幫各種火車圖案上顏色，雖然明知這是一個騙局，但總是讓她得逞——「凡事相信」嘛！一面握著那小小的手，一面想到，如果有一天我想這樣「教」她上顏色而被悍然拒絕時，我又該用什麼方式來騙她再讓我和她一起玩呢？

期末

期末心情，是一陣將停的黃昏疏雨，在淺水窪泛起相互重疊，隨即消滅的淡淡漣漪；那讓人玩味不已的生滅，像德布希鋼琴輕快卻憂悒的節奏，那樣深深地落進心裏。這麼多年來，從未眞正離開校園，學年結束，長假來臨，金黃而使人躍躍欲試的夏天，對我而言似乎比每年的除歲新春更有舊去新來的況味。畢業典禮的拍照與鐘聲，那麼空虛冗長卻眞心的祝福與叮嚀，踏出一步即成鄉愁的臨界感彷彿就在此刻。

總是眷戀校園生活的喧譁與寧靜；總是在人生的許多片刻裏，無端懷念起學校裏清晨的微曦，因此我選擇了教學爲終身之志，從此可以貪享每一次春晚無言的花落，日日與世無爭的綠樹夕陽。從某個角度來說，教師是學生身份的再延續：規律地上課下課，按時繳交作業與考試，單純而透明，最大的煩憂也只是情緒上的小波折，最大的糗事也不過是上課忘了帶課本。日復一日，年復一年，也許就這樣讓「時代的巨輪」從身旁轟然輾過。當年畢業後毅然踏出山門闖蕩江湖的同學，如今早已騰達了，富貴了，布衣單車與之相逢，總有「同學少年皆不賤，五陵衣馬自輕肥」的輕喟。在什麼樓什麼宮的宴會結束後，一面回味著青春舊事，一面仍要點起一盞孤燈，改改學生的錯別字與不通的文句，或是設想一首詩要從何講起。蕭瑟？是有一點，不過人生的滋味卻眞在這種時刻裏豐富了起來，那些湧上心頭的慷慨，正照應了千古讀書人的寂寞，「唯憐一燈影，萬里眼中明」，校園生涯就是如此素樸之際微微燦亮。

而一年中我最喜歡期末考那種秋收冬藏的檢點之情。大學時代考試時我總愛坐第一排，心裏想著比別人多幾十秒的作答時間，雖然成績總也不甚理想，但至少安心地認爲自己在彼時是極認眞的。而現在我喜歡在課桌椅間游走，很有「監考」的感覺，雖然知道學生並不會作弊，但是看看伏案的背影和疾書的神情，好像能感受到那些年少心靈對知識的渴切與敬意，自己也肅然了起來。有時凝望窗外，夏日正盛，豔陽晴天，好熱鬧的世界。與那些奔忙、繁榮相比，書本實在呆板，而考試與答案相較於眞實的人生，尤其顯得無謂。

因此我總不免在期末思索「人生意義」這回事。

回顧如逝水如露電的一整學年，從開學的課程大綱到作業報告到期末測驗，這麼形式地完成了一門學科的授予，惘然地感覺這一切是如此空虛而蒼白，「教」與「學」這兩個動詞看似實在，其實最爲虛無，一如戴望舒的小詩：

給什麼智慧給我，
小小的白蝴蝶，
翻開了空白之頁，
合上了空白之頁？

167 期末

翻開的書頁：
寂寞；
合上的書頁：
寂寞

人生彷若就在這個空白裏蹉跎了，目標落空，意義蕩然，學院裏的一切似乎還不及農人揮汗使青苗長成實穗，工匠巧手造器爲生活帶來便利。崇偉的知識總是令人疑怯，而所謂學術，其縹緲則更令人汗顏，這些感受總在期末使我忐忑於一歲的浪擲，嘆息人生就這麼留白。

不過當我批閱著學生繳交上來的試卷，那些或工整、或秀麗、或勁拔、或草率的字跡，那樣恰當地分析著「日日深杯酒滿」的陶醉；評議著「問松我醉如何」的灑脫；並斟酌著「雁字回時，月滿西樓」的怨悔，刹那間上課時的情景又回到心頭，甚至喚起了我還是學生時，初讀這些作品的感動懷念。文學曾是如此簡單地爲我解釋了人生的悲歡離合，告訴我希望與失望，情感和道德；而又以那麼充沛的藝術手法感動過我粗糙的心靈，讓我隨時堅持一些心底的美好。我漸漸相信，所謂「意義」，也許並不存在於預先的期許或後設的思索中，而在隨時每一個剎那的實踐過程裏。道德式微的時代，教師這個行業一如傳遞火光的柴薪，其存在的最大意義，僅是從芸芸的學生中找尋一位眞正的感動者，說服他以此生來傳遞這個幽暗的火光，並且尋覓另一個知音。

「是最後一科了嗎？」我問學生。

「考完就放假了。」他們是這麼回答。我想如此明豔的夏季應該是青春最飛揚的時候，有多少歡樂與邂逅在等著下課。收齊了考卷，獨自走向研究室，斜光曬滿的長廊有笑聲隨著幾個跳躍的翦影漸漸遠去，整棟空空洞洞的大樓，晚照中的綠樹青苔，正是縱有笙歌亦斷腸期末的心情。在一片荒蕪的夏日裏，我扶正眼鏡，掏出紅筆，準備開始以一生來點閱那無窮無盡的試卷長軸，並一面暗中刪寫著自己無端的心事。

暑假生活

蘇軾的詩裏說「一年好景君須記」，回想起來，四季雖然風物分殊，但風情卻是一般的美好。除夕夜聽著遠遠近近的鞭炮聲而想起白先勇小說〈歲除〉，清明節無論有沒有酒，都想做一個斷魂的遊子，端午節在艾草與竹葉香中讀吳文英詞裏細瑣瑰麗的愛情，秋風裏偶來的涼意忽然便憶起了〈秋蟬〉的旋律與高中歲月，聖誕節前圍著帕什米諾擠在誠品的耶卡展中，興高采烈卻不知道要將那張精緻的畫片寄給誰。這些事每年輪轉一次，名之爲成長，名之爲虛度，都是，也都不是。還是羅大佑〈光陰的故事〉說的好，「發黃的照片古老的信以及褪色的聖誕卡，年輕時爲你寫的詩恐怕你早已忘了吧」，時間帶來一切，又帶走一切，賸下來稀稀疏疏的回憶說是歡樂太空洞，說是感傷太造作。生命眞如年輪，每年有相似卻又不盡相同的痕跡，那些深深淺淺的印記，就是我們生命裏最孤寂的風景了。

童年的暑假像焦距完全不對的片子，怎麼看都朦朧，怎麼看都美好，怎麼看都像不曾眞實存在過。我的暑假眞正開始算是中學，第一天便儀式性地落了髮，從此童騃與天眞隨著髮絲落土爲安不再回來。中學的暑假最是苦悶，除了考試，還是考試，溫熱的風吹進教室，暗示你生命中有太多豔影藍天，何苦在此淹留？那時我總不知爲何想起海洋，想起沙鷗，想起遠方的森林與細微的手風琴音樂，不知不覺便下課了，測驗卷上經常一片空白。這樣的暑假六年後有了改變，大學聯考後的每一個暑假都空闊而寂寥，那才是結結實實的暑假，一連三個月，隨自己高興看書、打球或旅行，夏天有時化爲咖啡館裏若有若無的琴聲，融化在微苦的杯底；有時成爲清晨的七里香，爲窺探少年時的夢那樣潛入睡眠，醒來後卻了無蹤跡。那樣的夏天連孤獨都有一份美好，美好到自己能清楚地知道，未來的每個暑假，大概都要沉溺在對於這樣的生活的緬懷中，並且因爲不再有如此的清麗自在而感到悲傷或是枉然。

因此我始終覺得，大學時代的暑假，除非經濟上的必要，實在不必在速食店的打工中度過；更不該浪擲於聚餐、唱歌之類的熱鬧場合。應該嘗試著離群索居一陣子，體會寂寞的甜美，思索自我的存在和享受一種無邊無際的晴朗塡滿胸臆的人生，藍天白雲，碧樹清風，唯有暫離平日的煩囂與生活的瑣碎，暑假才算有它存在的價値與獨特的意義，也才能爲新的開始帶來一些不同於以往的想法，並且藉此體會生命裏更深的奧意。

離開了學生生活，暑假依然。只是面對暑假的心境又有不同。

學生時代，只要走出最後一科考試的教室，彷彿就已踏進長長的假期裏，暑假就那樣突然而神奇地臨幸了。而現在由於教學的勞頓與庶務的繁冗，對長假的盼望尤其殷切，期末考前兩週出完試題，上課便感到力不從心了，拚完最後兩週、監考、改考卷、算成績，暑假的前奏總是有些焦急有些疲憊。眞正的假期往往隨著大學聯考正式開始。和小學生一樣，爲了使暑假更充實，我也擬定了一些暑假計畫，如讀完某一部書、寫出幾篇文章、每天運動幾小時等。不過總有些意外一再延宕這些計畫，如某某雜誌突然來電邀稿、某個學校辦個文藝營需要去上兩堂課，或是一時興起想整理書房，總而言之，七月一下就被瑣事給淹沒了。握有「完整」的八月，一個豐饒的大後方，總安慰自己尚有一戰的本錢，不過隨著什麼書展、影展、電腦展之類的活動，或是一個不長不短的旅行，加上故人來訪盤桓數日，八月很快就見底了，這時才慌張地想起新的學期有幾門新課，於是認真地選課本、找齊資料並作好上課講義，美好的暑假剎那只賸十來天。在自我犒賞的心情與養精蓄銳的藉口中，一個好好的暑假便這麼黯然結束了。回到校園，聽聞有些老師在歐洲住了三個月，有些老師幾個月內竟完成了一部學術鉅著，有些老師在美國在大陸發表了好幾篇論文……我只能感嘆韶光的易逝與自己的空乏，所幸總會碰上幾位期末考卷還沒改完或成績還沒送出的老師，心中的忐忑便稍減了一些。

回味良久，暑假眞像一個人生的縮影，總是急切地等待而又輕易地失去；總是期望能完成什麼卻每每空手而歸。也許我應該換一種方式來看待人生或暑假，生命不過是從一個黑暗擺盪到另一個黑暗的瞬間光亮，暑假亦然。因此我應當去歡享這瞬息的夏宴，追隨那節慶的鼓聲，心靈與大地一同飽曬金黃如蜜的陽光，而不必計較於人間短暫而荒唐的得失。

其實我很喜歡初秋的校園，夏日的儷影未去，而早衰的落葉卻已提示了秋的詩意。喜悅的新生忙著適應大學生活的步調，舊生重逢而親切地問候暑假生活，日漸提早來臨的黃昏、新的希望……熱鬧中略帶寂寞樓房樹影，一切都那樣地融洽而美好。如果我那時面對一扇窗戶，就會想起泰戈爾的詩：「夏天的漂鳥，到我窗前唱歌，又飛去了。」如果那時我獨自踩過一條小徑上的落葉，亦會想起泰戈爾的詩：「秋天的黃葉，沒有唱歌，只嘆息一聲，飄落在那裏。」日子總是這樣，時時刻刻皆有太多美好必須眷戀，像是悠漫的暑假，像是無言的秋天，像是所有橙黃橘綠的寧靜時節。

過年

霓虹閃爍的燈會就要結束了，春陰依舊，而年味是眞正地遠了。

年假期間，在部落格上看了幾位作家提到過年的景象，有人以爲過年定要搞得父慈子孝、政通人和實在太累太假；有人覺得難得休養生息，念遠懷舊，頗有箇中滋味。我對於過年不僅止於愛憎，而是徹底的「怕年」。害怕過年這回事，是這幾年才開始的，我也是最近才相信，「年」也許眞是一頭可怕的怪獸。

對中年人來說，過年除了放假，其實索然得很。這正應驗了俗話說：過年是老人與小孩的事。此言非虛，我認識的長者對過年都相當重視，一方面是傳統所繫，另一方面則是頗有在歲末檢點人生的況味，天涯成家的兒女在此時攜伴帶孫歸來，那是一種人生的成就，也讓平日的岑寂熱鬧了起來；至於故友舊朋登門拜年，那自有一番鑲金的昔日回憶盪漾其中，話到健朗，卻又是對未來悠悠的期許了。老人之撫節候，是濃淡相宜的味中之味，這，我雖明白，卻很難體會。至於孩子的新年，鑼鼓喧天中新衣新鞋煙火爆竹，點點滴滴都是無限樂趣。

小時候對過年總有很深盼望。完畢了簡單的寒假作業，應付了惱人的大小楷，家裏在大掃除後還留有穩潔淡淡的藥水味兒，蘭花、水仙幽香暗吐，臘肉、鹹魚也風乾在晾衣竿上了，煥然一新的喜悅氣氛眞是一年裏最好的時光。除夕夜晚上，那平時不太用，寫了「福」、「壽」等字樣的大瓷盌擺上了桌，裏面是有名有目的魚肉菜餚，豆芽變成了如意菜，蹄膀喚作一團和氣，吃年糕時總要問起比去年長高了多少，不免摔落地上的湯匙調羹，都做歲歲平安了，難得大人不生氣，又可以喝到平常客人來才打開的汽水沙士，除夕的年夜飯，眞是和樂融融，滿懷喜悅。嶄新澀手的壓歲錢、三臺一樣無聊的特別節目、大年初一的新衣裳、吃太多的花生瓜子與南棗核桃糕……。孩童的年是香味，是甜味，是被窩裏遠遠近近的鞭炮聲，是大了一歲，是一次新生，是開學的第一篇作文。

隨著咚咚鏘咚咚鏘的音樂愈放愈大聲，現在過年完全成了庸俗而繁瑣的一套儀式，其實不只是過年，在臺灣，任何節慶都是商人大發利市政客粉墨登場的好時機，沒有眞心的祝賀，欠缺內涵的歡慶，這些全然媚俗的活動就像無所不在的年節音樂，不管你愛不愛聽，總要裝裝樣子。這話也許偏激，不過從最能反映社會的新聞來觀察便可知一二。

除夕前的新聞多是檢查出了各種不合格的年貨與大公司尾牙的喧鬧，我眞不明白，一個幫人代工的電子廠聚餐吃飯加摸彩，關其他人什麼事，卻須登上新聞畫面。除夕的新聞必然是什麼某村有個大家族，六個媳婦煮八十人的年夜飯之類的報導，而初一則是某某政要去某處發紅包與誰誰搶到了頭香，初二開始多半與塞車有關，或許加入一條百貨公司福袋的介紹，初三則必然有算命仙跑出來講今年誰最旺、誰要安太歲之類的大預言。說無聊，眞是無聊，但若想避開這些無聊的話題，到郊外踏青散心，那可就有苦頭吃了。

在可怕的連續假期中，風景區與各大百貨人滿爲患，大排長龍的隊伍使人不耐，不合理的哄抬價格讓人不爽，無端亂花錢卻得不到喜悅，這就是過年。因此過年要不就是塞在動彈不得的車陣裏，要不就是窩在家中吃著某些有問題的黑心年貨。更不說此時一波接一波的寒流冷雨，搭火車客運感染的流行性感冒，大吃大喝及久坐打牌所爆發腸胃炎或痔瘡，長大後的過年，正暴露了某些潛藏在平日的危機，以及內心深處那自我毀滅的無端欲望。過年，便是帶著無奈與焦慮，一段身閒心不閒的空虛假期。

因此每到年關將近，我的恐懼症與焦慮症便聯合併發，生怕收到吃也吃不完的年貨，生怕與完全不熟的親戚開講一下午，生怕有人提議開車六個鐘頭去某個知名漁港吃海鮮，生怕突然什麼疾病發作卻沒有門診，突然需要什麼卻沒有店家開門。也因此每到初五、初六，百業逐漸恢復正常，我也才如獲大赦般鬆了一口氣，日漸稀疏的砲仗聲裏，眞正屬於新的一年到來的那種微喜也才慢慢湧現。

古寺聞鐘，擁彗掃雪，松煙烹茶、弈棋賦詩，那才是過年的好方式，可惜現代社會已失卻了那一方淨土、那一片清心。我以爲當前最好的過年方式就是按照平日的步調來生活，同事見面時只要多加一句恭喜，其餘一切照舊。不過我想這在華人社會中是不可能的。其次就是避年，去南太平洋的某個小島曬曬太陽喝喝椰子水，不過這種旅行在過年時格外昂貴，也不是我們這種M型社會中，往下沉淪的族群所能擔負的。再其次就是躲年，對外誆稱出國，其實躲在家中，拔去電話關掉手機，預備大量的泡麵與平常沒時間看的書，好好充實個三五天，只是躲年萬一不幸被人發現，責罵追打，下場多半很慘。因此我雖然怕年，卻也無計可施，只好「知其不可奈何而安之若命」，年年與這頭年獸相搏，以我的躁鬱餵養著癡肥的牠。

今年提早了幾天回到臺北，空蕩蕩的市街彷彿若有所失，深閉的門戶、潮濕的春雨，疏疏落落的炮聲使人感到這是一個多麼夐遠的世界，多麼寂寞的早春。夜裏無事，突然想讀《傲慢與偏見》，跑去不打烊的誠品書店，人山人海中找到了這本舊時的故事，結帳前順便買了胡德夫的《匆匆》回家。夜雨突然滂沱，隱隱夾著春雷，在燈下啜飲著純威士忌，我翻動著那庸俗可笑的人間故事，並將音響聲音扭大，清脆的鋼琴伴隨胡德夫蒼鬱的歌聲：

最早的一件衣裳　最早的一片呼喚
最早的一個故鄉　最早的一件往事
是太平洋的風徐徐吹來　吹過所有的全部
裸裎赤子　呱呱落地的披風
絲絲若息　油油然的生機
吹過了多少人的臉頰　才吹上了我的
太平洋的風一直在吹
最早世界的感覺
最早感覺的世界…………

這樣的夜讓某些很深的東西潛入了心底，我想我也許可以在明天撥個電話問問舊友近況；也許應該到床上，倚枕擁衾，回到童年那個在遠遠近近的鞭炮聲中沒有做完的夢。

寵物篇

猴

女兒終於到了想要養小動物的年齡了，走過時髦的寵物店，那在透明籠子裏無辜望著行人的小兔子、對著你伸出爪子的小貓，或是剛洗好澡在吹毛的大狗，總是讓女兒流連。我們都很想抱一隻溫暖有柔順毛皮的小動物回家，餵牠吃點東西，給牠一個安穩的窩，編一些故事，在生活裏慢慢建立一種親暱感，了解生命，也了解情感，就像《生命中不可承受之輕》裏的那隻卡列寧一樣。但是我們心裏也都知道，我們的環境不可能眞的養一隻小動物，我們也不是有耐心能把動物照顧得很好的那種人，所以每次總是滿懷失望地和這些可愛的動物話別，相約下次再見，誰知下次同樣的透明籠子，又是另一雙無辜的大眼睛了。

愛動物是一種天性，但照顧動物則是一種偉大的情懷，我常很佩服那一手溜狗一手拿著衛生紙幫牠清理的飼主。而動物的生命總是比人短，與其在牠離開時心酸掉淚，是不是根本在最初就不必去建立這樣的感情呢？「沙灘太長，本不該走出足印……」。這是我現在理性的分析，但兒時總沒想那麼遠，小時候我們家在狗、貓外，還養過雞、鵝、小鳥（鸚鵡、文鳥、八哥）、金魚、寄居蟹、烏龜以及兔子。不知爲何，一開始爸媽都是很反對的，但養久了之後，他們和動物的情感，似乎也是很深的。

我們家最特別的是養過一頭猴子，那猴子的主人原是我們鄰居，後來因爲要搬家就將牠「寄養」在我們家，牠有一身灰褐的細毛，很長的尾巴，靈巧如人類的手，一切的表情動作和人一樣，只是不會說話，非常可愛，我們都叫牠「阿丹」。

阿丹在我們家後院的樹下有一個小房子，牠的主食是水果，偶爾也吃麵包或米飯，很多人以為猴子愛吃香蕉，其實不然，猴子喜歡吃較酸和多水份的水果，我記得牠最愛的是葡萄。阿丹很聰明，好像能聽懂我們的話，我常騎著腳踏車載牠去兜風，去公園盪秋千，所到之處總引起大家的圍觀。

不過阿丹有個壞毛病，就是有時會自己打開項圈跑掉，牠也不走遠，就在附近打家劫舍，跳到鄰居家偷吃東西，還曾動用消防隊都抓不到牠。阿丹這樣玩了幾天就會自己回家，牠對我們的責備總是漫不在乎的樣子。

近年來中山大學好像深為獼猴所苦，在保育的觀念下，猴子不能捉不能打，那些潑猴便大膽了起來，公然在路上搶奪食物或潛入宿舍翻箱倒櫃。猴性就是這樣，唐人有詩云：「唯有獼猴來往熟，弄人拋果滿書堂。」你和牠熟了，牠不怕生了，就開始搗蛋。還有首妙詩說：「出山忘掩山門路，釣竿插在枯桑樹。當時只有鳥窺窬，更亦無人得知處。家僮若失釣魚竿，定是猿猴把將去。」據說猩猩喜歡偷穿人的木屐，猿猴喜歡偷拿人的釣竿，可能牠們並不知道自己實非人類，可能牠們以爲穿戴了這些就可以當一個堂堂正正的人吧！不過想想山林本是牠們的天地，我們爲了自己的安逸開發成住宅，其實是我們侵擾了牠們，所以對於這些小小的惡作劇，我們應該懷著一些負疚，應該多一些忍耐。

我們家的阿丹最後還是回到了山林，幾年後牠的老主人回來了，大家商量說讓牠到陽明山上自由生活，雖然不捨，但想想牠能再也不受項圈鍊條的束縛，自在地眞正發揮野性，遊戲山林，那一定是更快樂的。此後，當我們去陽明山玩，便不免想阿丹會不會跳出來找我們；一直到今天，我讀到《西遊記》時還會想到牠，阿丹不知有沒有當起美猴王，牠是我童年時的好朋友啊！

兔

我很喜歡兔子，小時候，家裏養過白兔當寵物，那是很難得的經驗。

兔子不像狗那麼忠勇及深情，亦不如貓那麼深邃而冷雋，只是靜靜地裹著一身雪白的毛在家裏撲朔迷離，跳來跳去。追上前抱起牠時相當柔順溫暖，長耳朵的細毛下血脈依依可見。乖巧、從容而有一點羞怯，兔子對世界沒有任何的抵禦能力，似乎亦不具參與感，可愛的外表下，應該有著寂寞的內心，很像古典時代大宅院裏理想的妻子。

小時候的故事書上說十二生肖是賽跑決定出來的，不知爲何，兔子這樣柔弱的小動物，竟也可以跑進十二生肖中稱爲一肖，而且排在猛虎之後，神龍之前，可見「動如脫兔」定非虛言。故事說牠本是第三名，但見後面猛虎氣勢洶洶地追來，便照例突然一頓，反身便逃，這本是兔子的保命功夫，讓往前急躍的老虎撲了個空，以名次交換了性命，所以一直以殿軍的姿態存活到了今日。

其實兔子無爪無牙，遇到敵人只能逃跑，這是很無奈的宿命。也因爲兔子的柔弱，牠往往是「生之徒」。有一回趙州和尚遊園，兔子見而驚走，旁人不解問道：「和尚是大善知識，兔見爲什麼走？」趙州回答：

「老僧好殺！」這公案不消我們辯解，要說的是倘若不是兔子如此靈敏膽怯，趙州便沒有話頭諭示義理了，以禪而論，此兔雖然無關緊要，卻也至關緊要。但兔子這不敢正面迎敵只能畏縮迴避的樣子讓古人有點看不起牠，因其不易追蹤的快捷而稱之爲「狡兔」，或是因爲兔子善於觀望並多築窟穴以備不時之需的心計，也讓牠和狐被聯想在一起而稱「狐兔」，一句「人間多少狐兔」，便把兔子打入便佞善柔、賊頭賊腦、瞻前顧後、不夠灑脫的小人之流。

不過這畢竟是俗世所見，你看那宗門所記：

潭州神山僧密禪師，與洞山行次，忽見白兔走過，密曰：「俊哉！」洞曰：「作麼生？」密曰：「大似白衣拜相。」洞曰：「老老大大，作這個語話！」密曰：「你作麼生？」洞曰：「積代簪纓，暫時落魄。」（《宗鑒法林》）

請看，這匹神俊的兔子，多麼巧妙地引導世人體會了心性修悟之道，不是非常可愛嗎？

兔子不僅溫馴可愛，啓人大智慧，同時也有其尊貴莊嚴的一面，《舊雜譬喻經》裏說有梵志年百二十，居山中，有四獸：狐、獼猴、獺與兔，終日伴隨梵志聽經說戒，一日梵志糧盡欲去，狐、獼猴與獺紛紛各逞其能，供奉糧食於梵志，兔子一無所有，祇言：「今我爲兔，最小薄能，請入火中作炙，以身上道人……。」

這捨身以奉道的形象，在《雜寶藏經》中也有類似的記載，兔子在此無乃超越了柔弱、狡獪或膽怯等負面的意象，而已是智慧與慈悲的化身了。

人到中年，事事膽怯，無爪無牙的生命不再能競逐什麼，只想沉潛自我於日日不變的作息與書卷中，重複年年朝朝的花開花謝求得一點心安。當絢爛成爲昨日的夢與天邊的雲，誰能不感慨這樣的人生已近乎「狡兔」之流？但生活卻將每個人趕入競爭的塵網裏，薄弱的心漸漸善於計較：當我付出，總期待別人如何回報；但享受別人的付出時，卻視為理所當然，坦然消受。因此面對世事，經常抱怨這不公平、那不正義云云，似乎要攫盡一切利益，方才能縱聲一笑——走過學校旁古畫舖子的櫥窗裏掛著「兔赴千重雪，鷹揚萬里風」那樣瀟灑的對聯，我不免要憮然了；想起佛經裏能無私奉獻自我的兔子，更不免要慚愧了。

因此我們家裏雖然不再養兔子了，但我想帶著五歲的女兒去動物園認識一下兔子，我想可能有許多卡通裏的邦妮兔、瑞比兔、比菲兔或傳說月宮中的玉兔等，會一一跳到我們的生命中，與我們一同留下無限緬懷的記憶。或許我又會向她說起兒時養兔子的事，告訴她兔子並不是眞的那麼愛吃胡蘿蔔。當然，兔子從不言語，彷彿只是用牠的長耳朵來傾聽許多我們不必說出的話，因此牠總是能懂得那些無可言說無可遺忘的祕密，像風雨或晴朗的日子，永恆地立在我們生命裏的菩提樹。

鵝

史蒂芬・史匹柏的電影《戰馬》改編自英國作家邁克・莫爾普戈（Michael Morpurgo）的同名讀物，人馬間的友情讓我想起了《來喜回家》這個兒時一讀再讀的作品。電影中，少年農夫亞伯特家裏有隻有趣的灰鵝，不僅下雨時會自己跑到廚房避雨，見到來意不善的惡地主，還會上前一陣追咬。這一幕讓我大笑許久，以前我們家養過鵝，鵝呆頭呆腦地朝你走過來時最好小心，一不注意牠便出其不意地咬人小腿，雖不流血，但那眞的是非常痛的。

以前溥心畬爲了畫猿便養了猿猴，王羲之愛鵝則是爲了養性寫字，我家那頭大白鵝是我大姐的寵物，她這人不能以常理推度，居然會養一隻不飛的大白鳥當寵物，還取名爲「呱呱」，眞是奇哉怪也。那鵝來到我家時才拳頭大，一身灰毛，可能出殼未久，據說是公館那一個擺地攤的人硬賣給她的。幾個月後可愛的絨毛小物已長成一頭雄糾糾的大白鵝，在我家後院踱來踱去，心情不好時便用那黃珀色的硬喙追啄我們，我們對牠既恨又怕。

我們家從不吃鵝肉，所以牠能一直安然地以寵物鵝自居。養鵝很簡單，牠吃飯吃水吃青菜就好，不過我們發現牠很愛吃西瓜，給牠一片大紅西瓜牠可以啃到連皮都不賸，啃完後仰天大叫，彷彿意猶未盡。有人說養鵝等於養狗，的確如此，家裏一來客人，白鵝聽到了陌生的聲音便會呱呱亂叫，聲音宏大嚇人；妙的是客人語音一歇，鵝鳴也沉寂下來，客人才說半句，鵝又大聲鼓噪，一說一應，十分滑稽，有時弄得客人都不敢開口，大家要拚命忍住笑意。養鵝還有一大好處，就是可以防蛇。舊家後院外的山坡有比人還長的臭青母，以前養雞時便逮到過兩條，捲尾吐信十分可怕，但養了鵝以後便不見蛇蹤，無論蛇類是不是眞的怕鵝，但至少有了牠在後門守衛，我們都放心很多。

豐子愷寫過一篇〈沙坪小屋的鵝〉，寫鵝眞是唯妙唯肖，我讀到此文時已經上大學了，一面讀著腦海中就浮現了兒時的點點滴滴，唯可憾者，鵝是喜歡在池塘游水的禽類，我們家沒有池塘，只有一個超大的鋁盆可以略爲安慰那頭白鵝的鄉關之思，有時我們看牠蹲在裏面若有所思也頗不忍，所謂「物性固莫奪」，詩人的話是很準確的，所以我們後來也將牠送到了一個池塘，讓牠能眞正當一回悠游的鵝。

瑞典女作家拉格洛夫（Selma Lagerof）得過諾貝爾文學獎，那部著名的兒童文學《騎鵝歷險記》非常的優美親切，男孩被精靈變爲拇指大小，騎著能飛的白鵝遊歷了美麗的瑞典國。故事的結尾是變得成熟懂事的男孩回到家中，還原爲人之後，他不再能聽懂飛禽的語言，那在旅程中伴隨他的白鵝也歸於平凡，不再能飛。童年讀到此處，忽然非常悵然，原來成長所失去的是詩意一般優美的東西。

臺灣許多人愛吃鵝肉，說滋味鮮美，鵝掌更是一道名菜，有許多料理方式。然我到現在還是無法吃鵝肉，也許是心裏將那頭白鵝眞正當成了童年時的一個朋友吧！女兒在幼稚園學了一首唐詩回來唸給我聽：「鵝鵝鵝，曲項向天歌。白毛浮綠水，紅掌撥清波。」我查了一下，竟是初唐四傑中的駱賓王在七歲時所寫的詩。我已久不聞白鵝向天引吭的歌聲，在這樣深的夜裏，不知爲何，竟也有所懷念了。

樹若有情時

刻骨相思自不磨

相思，苦楝，合歡，鳳凰，學校裏的四種樹木，前人說那是愛情的四個階段，是大學的必修學分。

說實在，我不太懂，圖書館後面就是一片茂密的相思樹林，但我不曾走進去。我只喜歡起風的時候，在圖書館的廊下，倚著石柱翻開楊牧的散文：「又是起風的時候了，許是這小島接近大陸，秋來的時候，秋便來了。季節的遞轉那麼眞確那麼明顯。」抬首望向無痕的藍天，西風搖曳圖書館前的老榕樹，那樣蓊鬱那樣生姿，於是便好像懂了一點秋天，懂了一點楊牧，懂了一點文學……。不然便是一整夜與同學在煙霧裊裊的狹窄斗室，很正經地爭辯一首詩或一篇小說，或就著醉意，朗讀「有人問我公理與正義的問題，對著一壺苦茶，我設法去理解……」，黎明的時候漫步在薄霧與滿園的鳥鳴聲中，親切地嗅到樟木遲緩而古老的清芬，對從小生長在都市的我而言，此刻好像才明白了所謂大地的芬芳是怎麼回事。或者，在寂寥的課堂上，揣摩著「梧桐樹，三更雨，不道離情苦」的意象，但那些繡金織銀的翠鳥，薰香濃粧的紅淚，怎麼說都是太過古典的愛情，難學亦難工。

在女生宿舍的紅牆綠柳外，接近石屋小郵局的路旁有棵菩提樹，那是我們相約的地方。立在一棵大樹下等待女友，無論夾著一本書或拄著一柄傘大約都帶著一些獃氣，所幸菩提樹也不是那種迎風生態、婀娜多姿的瀟灑樹種，一人一樹，悠然卻也滿懷心事，彷彿有那麼一點點相思的味道。

我們相約一起去吃早餐，穿過學校密林篩下的淡淡晨曦，「我夢裏的藍袈裟，已掛起在牆外高大的旅人木」，我並沒有看過藍袈裟，也沒見過什麼旅人木，但我喜歡那麼光明磊落但也隱含寂寞的描寫。我告訴她這首小詩，她平靜地微笑，也不說好或不好。併肩穿過牧場的晨光，雲淡風清，牛兒在遠處嚼草，戀愛其實並不苦惱，但也不是那樣放縱地歡樂，彷彿一種寧靜，走進很深很深的心裏，讓你有了一片可以歇息的美蔭。

多年後，我們在學校的小教堂結婚時鳳凰花正開得豔紅，菩提樹對面的鐘塔上敲響清越的曉鐘，剎那間大一時初聞這鐘響時的感動又湧上心頭。那時朦朧地知道人間有一些難忘的神聖與美好，卻不知是在何方，又與自己何干？而此刻已是那麼臨近，那麼眞切。我突然想告訴新娘：

相思，苦楝，合歡，鳳凰是學校裏的四種樹木，前人說那是愛情的四個階段，是大學的必修學分。

但我一直沒講，唉～，我猜她大約是平靜地微笑，也不說好或不好。

望盡天涯路

多年不見的學生寫E-Mail告訴我，那棵樹還生長地很好。

幾年前我在中部一所偏山上的C大兼課，C大絕世而獨立，學生老師人數不多，都像修行人。那時基業初肇，土木方興，尺長腕粗的蟒蛇偶爾出沒，校園裏幾棟新建築隱隱透露出開山立派的理想與豪情，樹木花草，也分不清是人工還是天然。從教室到餐廳，中間是一片好大的草場，被同學走出一條隱約的土路，放眼望去，只有一株俜伶的瘦樹兀立，不知是偶然被留下的，還是刻意種植的。據聞那片草場是文學院預定地，只是經費一直撥不下來。

我那時還未畢業，一路轉車顛顛簸簸來到C大，除了上課，不知為何特別關心那棵孤樹，總覺得它那樣藐小單薄的身影，卻有著極堅毅的神情。冬天時它枝葉全凋，春天時卻又霑滿新綠，似乎為我前途茫茫又遭逢家變的人生，提示了生命的眞相，在許多顚沛的旅程中，閉上眼睛便想起這位會心的良友，經常讓我頓覺開朗。

數年後我就要離開C大了，文學院的預定地還是只有那棵孤樹。我對學生說，那棵樹便是文學院的象徵，代表文學的純潔以及無私無欲的生命。也許等學院落成，可以將它移到中庭，聽聽古典與現代的雄辯；倘若眞要被砍伐了，大家也應該爲它繫上黃絲帶，並舉辦一個晚會輪流唸詩到天明……。這麼多年過去了，我一直沒有機會重回C大看看，也不知文學院是否已然竣工，但對於文學，我還是喜愛其純潔與無私，仍熱衷於追想與嘗試。只是生命裏少了那八千里路的雲和月，相對而言是遲鈍了，是耽溺了。

當時一味惱孤桐，回首闌珊筵已散。

深夜裏收到學生的E-Mail說樹還很好，回首青春的行旅，春樹暮雲是飄泊和相思，我也不禁感到歲月，感到寂寞了。

換得東家種樹書

爲竹澆水，爲花施肥，手栽薄荷茂而不葺，荼蘼含英且未開，小小窗臺也得這樣綠意，這片閒情。

幾盆花花草草，小小的發財樹最能討喜。它連根至頂無過三十公分，很難滿足我對樹的定義與想像，不過細觀其幹其柯其葉，倒眞是一棵具體而微的小樹，也許它是上帝依照一百比一的比例，所小心造出來的模型樹。記得有首題爲〈現實〉的新詩：「我的委屈著實大了：因爲我老是夢見直立起來，如一參天的古木。」面對植在小小瓷缽裏的發財樹，我對它有些抱歉，亦有一些期待。

不過我卻愈覺這株小樹的可愛，「發財」這俗土的名字，實在很適合我當下的心境，雖然我從不買彩券，也不做什麼投資，但是能有一筆意外的收入（如在床底下發現一只聚寶盆），讓我添一套音響數張唱片，或是購置幾座大書櫥也是很好的。有志文學而貪戀錢財者文格必卑必弱，最是不可取。不過胡蘭成筆下的張愛玲非常計較錢財，早年以爲那是一種辱詞，近來漸漸覺得那也許包含了一絲肯定（雖然還不至於讚美），要能歲月靜好，現世安穩，沒有一點守財的性格是很難辦到的，尤其在臺灣當前這個如狼似虎的社會。因此當初在陽明山的花圃，得知這美麗的小樹有著如此有趣的名字，便決定將之恭迎回家，日日做一個發財夢。

人生裏總有太多的志業等待完成，但大多數人最後所能完成的，都只是事業而已。我也曾有許多如此如此的幻想，但近來像闔上一本又一本的書冊，我關上了那些淑世抑或奉獻的想法，被逼在一條生活的軌跡裏周轉，賣劍買犢，歸去來兮。這樣的心性不免愛讀范石湖與辛棄疾晚期，也不免更容易被某些江山泣血的文字感動，但也更容易遺忘；最不免的是開始關心養生與留意玩物喪志的那一套東西，像個不再革命的退黨黨員，慢慢布爾喬亞。

「現實」實在是一個極妙的東西，有人被它逼得作了英雄，有人因爲它而零落同草莽。我每天爲小小的發財樹澆水，樂見它在嚴冬裏，依舊蔥蘢昂揚，也盼其終有一日成爲參天巨木。人生的眾芳雖然蕪穢，但我也並不委屈，因爲「現實」雖能讓人安靜地承認自己，守分地度過此生，然「現實」並不能阻止成長，也不能要求任何一株柔弱的植物，放棄懷抱幽貞的歲寒之心。

咖啡隨想錄

善於行銷的連鎖書店逐年進駐各大商圈，也慢慢地進駐了當代知識份子的生活中，藏書豐富、讀買方便，加以多角化的經營，文具、衣飾、餐飲、影音商品，使顧客在心靈與物欲同獲安慰的貼心構想，這類連鎖書店成爲紛紛亂世的桃花源，讓想稍稍避開繁忙生活的現代人有了一個暫時的心靈避難所。雖然我也偶而流連其間，但多年來仍獨鍾那種樸實無華的小書店，不甚整齊的店面一半是倉庫一半是門市，找書不靠電腦，全憑愛書成癡的老闆的記憶，疏疏落落的客人，構成了慘澹經營卻也不屈不撓的文人風味，藏書雖然不多，要找的暢銷書也經常性地缺貨，但有時卻能意外發現一些年代久遠但値得珍藏的好書，倘若這樣的書店能有一個小院，院中能有一棵老樹那就更完美了。

這樣的心理雖屬戀舊，但更多是對現代行銷的厭煩，擴大佔有率的市場投資策略、數位管理的迅捷、成本與利潤的精算、經過專家安排的燈光、音樂和動線，迎合知識份子與中產階級的波希米亞格調，總讓我覺得書店裏處處有心機，每一個可愛之處都彷彿陷阱，看書買書，滋味也就不是那麼對了。書店如此，其他的商行亦然，尤其當前在臺北街頭隨處見的連鎖咖啡館，以其時髦與便利，連大作家龍應台女士都必須承認她喜歡在星巴克買咖啡，一般上班族更是趨之若鶩，在繁忙與壓力的工作情境裏，誰能拒絕一杯星巴克拿鐵所帶來的短暫溫暖與味覺滿足，而一手提著公事包，一手持著裹上厚紙片咖啡紙杯走在街上，不也是一種瀟灑的冬日風情嗎，倘若加上一點幻想，真覺自己專業絲毫不遜於華爾街的經理人，美麗猶勝香榭道的大明星。

連鎖咖啡店的口味如何見仁見智，但我以爲它眞正的行銷點是在都會生活的象徵意義上，它們無論開設在多麼繁華的街口，我永遠覺得坐在其窗下啜飲咖啡彷彿置身馮內果的小說那麼荒涼。這些連鎖咖啡店具體呈現了現代社會的孤絕與荒謬。每一個座位都是孤島，有些晴有些雨，鄰桌距離雖近冷淡卻截然分明；店員不會問你今天心情如何，也不會因爲陽光或季節而替你改變咖啡配方，那些大型的金屬機具將藝術解釋爲一種工業流程，愚蠢的號碼牌正是個體被物化的絕對象徵（三十四號請到櫃檯領餐），我深刻地相信，如果能夠開發出來足夠靈活的機械人，老闆們將很樂意使用它們爲客人進行機械式的服務；這話也可以反過來說，這些大老闆們是將顧客當成一組機器人在服侍的吧！巧妙地將消費者轉化爲這部龐大行銷機器裏的一個小零件，這正是現代化連鎖咖啡店的賣點。

這種冷酷異境與咖啡溫暖芬芳的本質並不協調，但卻重新詮釋了咖啡的現代意義，一杯小小的黑色液體不盡然爲了靈感的激發或休閒時光的徜徉，更可能是因爲業務上的禮貌方便或是提神醒腦，在臺灣，那可能還象徵了國際化、專業化與現代化，而現代化正是一座圍城，外面的想進去，裏面的想出來，急著讓自己跟上時代潮流的心態，我想正是這些連鎖咖啡

「人」味道。親手焙成的咖啡並不以大量、質均的現代化標準爲目的，而以傳遞溫暖情感與喚起人生回憶爲樂，這也是創造與製造的分野。

渺小的人類總有效法上帝的欲望，企圖透過創造爲死寂賦予生命，並將平凡轉化爲永恆。從宗教的立場來說這也許徒勞，但虔誠如我，卻深深相信這才是人類活著的目的；也認爲這樣的意圖可能更能表達世界眞實的面貌。只可惜人類遠不如上帝的嫻雅與精巧，這些手工創作恆如人性，總是留下大大小小的不完美。

輯四

這想法好膚淺

民國五、六年間，胡適之先生發表了他在美國綺色佳與諸友人討論中國語文的心得，登在陳獨秀的刊物《新青年》上，名之爲〈文學改良芻議〉，「務去爛調套語」、「不對仗」、「不用典」、「不避俗字俗語」等等八條，似乎對舊文學霍霍而來，中國文學史嶄新的一頁也從此展開。

新舊文學之爭在那時各有陣營，每個陣營也各有自己公開與不公開的目的，討論起學術問題火氣都很大，最後流於意氣之爭，使很多重要的問題沒能愈辯愈明，只好慢慢地隨時間不決而決、不化而化了。我們今天稍微回顧這段歷史，不免對當初的許多意見感到幼稚與膚淺，不過這當然是我們的旁觀之清與後見之明。而到底新舊文學，哪一種更優美，更適合傳情達意或更宜於表現中國文字乃至於中國文化之特性，我想是一個永遠也辯不盡的問題。不過，有些例子，我們可以當作是趣味性的材料來閒說一回。

翻譯大家梁實秋先生曾在他的散文〈酒壺〉中以現代詩的形式與精神譯了四首好詩，那是古波斯詩人奧瑪珈音（一〇五〇——一二二，約中國北宋時期，梁譯作「歐瑪．卡雅姆」）的「魯拜」，「魯拜」是古波斯的四行短詩，類似中國「絕句」，奧瑪珈音一生留下了七百五十首這類的作品，他很像李白，作品中每每在酒杯裏探索人生及宇宙之奧義。除了詩歌，他還精通天文曆算、數學及物理，是位文理皆通的天才。西元一九六二年畢業於劍橋的英國詩人費氏結樓（一八〇九——一八八三，梁作「菲茲哲羅」）將奧瑪珈音的「魯拜」由波斯文譯爲英文，梁實秋先生所見應即是費氏的英譯本，而他又由英文轉譯爲中文，有一首他是這麼譯的：

有一天黃昏時候，在市場裏，
我看見陶工揉和他的濕泥：
早已稀爛的舌頭還在低聲說——
「輕一點，老兄，輕一點，我求你！」

最後一句的英文是：「It murmur'd / "Gently, Brother, gently, pray"」，梁實秋算是直譯了，不過「魯拜」有一個更妙的中譯本，是旅居美國的物理教授黃克孫，他用中國七言絕句的形式譯了一百零一首詩，句句妙倒毫巔，同樣這首，他的譯文是：

南山採土治爲甌，土語啾啾說不休：
「我亦當年塵上客，勞君雕琢要溫柔。」

黃克孫的翻譯加入了大量的自我創意，「忠實度」是可以懷疑的。不過姑

欲問前緣與後緣。
酒爵多情低語我：
「且將陶醉換華年。」

向它請教生命奧祕：
它唇接著唇的輕輕回答我——
「活一天就喝酒罷！死後不再回來的。」

註：梁實秋〈壺〉一文收於《梁實秋札記》（時報），黃克孫譯《魯拜集》爲書林出版社出版。

215

沒人借我彩色筆

1

拆開質感良好的米白信封，眼前是一張極爲纖細而生動的工筆畫，全以藍色的原子筆構成，單一藍色的畫作乍看突兀，但繪者藉由留白的變化，卻創造了讓人意外的驚喜效果。畫的前景是小湖與垂楊下的舟楫，背景是繁複的園林與樓閣，小船上壓低帽簷的仕女姿態怡然，背後樹木的茂鬱，臺榭的飛簷、窗櫺，無不精確而生動。筆法上頗有中國工筆畫的細膩，但造景構圖的元素又接近英格蘭瓷畫的風味，讓人感到寧靜而和諧，似乎洗滌了當下因年節將近的過份喧囂。這小小的美的構圖，讓我想起了多年前教我膠彩畫的陸老師，總是喜歡引用英國哲學家培根所說：美的精華來自秀雅而合適的動作。

從信封上的地址，我已猜到應是周頌芬寄來的賀年卡片。這麼多年以來，在聖誕節到舊曆年的這一個多月間，總是會收到她從天涯海角寄來當作賀年卡的新畫作，有些年是俏皮的漫畫，有些是用棉紙渲染的水墨作品，都是親筆所繪。說實在，有天份的畫家無論在什麼材質間都能流露那獨具的聰慧與藝術觀點，從周頌芬每年寄來的卡片上，我更加確信「對質材的駕御才是眞正的藝術」這樣的說法。在歐洲幾個畫會與拍賣公司的炒作下，我知道她目前每一幅畫都價値不斐，朋友嘗說，哪天我將她每年寄來的賀卡一次拍賣出去，可能比我一輩子攢的薪水還多。

除了問候，畫片裏她多是聊些近況，主要是近期作畫的方向，並很客氣地請我指點。說來慚愧，以她目前的藝術成就，自然不需要我這樣一個即將退休的國小美術老師的意見。不過，我偶爾和她通信，告訴她學校裏的點點滴滴，舊的教室雖然已經拆除重建，但操場前的那一排榕樹依然森鬱，從新的樓房望出去，穿過水田無憂的青秧，越過鐵道與房舍的紅磚烏瓦，最遠處的山勢是一列鐵鑄的靛青，在微溫的夕陽下欲語還休。故鄉的風景從來沒有改變，只是我們的視野不同，描述她與表達她的方式，也與昨天我們所熟悉的完全不一樣了。

2

周頌芬在五年級的時候成爲我的學生。那時我剛到東正國小接替一位黃老師的位置，黃老師年輕時在畫壇頗有才氣，只是當時臺灣的環境並不足以成就他的藝業。把才華與夢想埋葬在小學美術課堂一輩子的黃老師告訴我：小學美術老師只要負責發圖畫紙和收圖畫紙就好了，既不用教也不用改，有興趣有天份的自然會去外面學畫，沒興趣沒天份的教了、改了也是白費心血。我當時滿腦子提倡美育的學院理論，對他的話深深不以爲色和綠色哪一個比較黑」、「花盆的外面要不要畫出一條線來」、「被擋住的地方怎麼辦」……。我第一次看到周頌芬將她的畫「上色」，明暗深淺，她對光的方向乃至於力度都是準確的，教室外面爬藤的豆苗，在她的筆下生動地表現出一種柔和但堅韌的力量。

以後的多次素描課讓不少小朋友對畫畫失去耐心，這點我可以明白，學習素描對大多數人來說挫折感很大，要畫的「像」，至少就要幾個月的鍛鍊，況且少了塗鴉的樂趣，美術課就顯得乏味了。本來，小學的美術課旨在激發美感與培養興趣，並不是訓練技術或成爲專長，我也在猶豫著是否因爲班上一個人沒有彩色筆，就要求所有人都不能使用？這樣固然在某種形式上維護了單一個體的最低尊嚴，但這不也是相對剝奪了其他個體的發展可能。學校教育永遠存在著抉擇上的兩難，多年的經驗後我才明白，教育純然以善爲出發，但資源的不足迫使教師選擇多數利益而犧牲少數，那被犧牲的終其一世都將懷抱怨懟。

爲了求得平衡，我讓大家自由選擇用色筆或是用素描的方式來完成作品，並講一些繪畫基本的理論，慢慢引導同學懂得觀察與描繪這個世界的一些方式。當所有小朋友又回到了五顏六色的歡樂氣氛中，周頌芬卻在素描的世界裏慢慢成長。上課時我偶爾教她一些握筆與測量方式，她也能很快的體會與運用，每一次讀她的畫，總覺得她又進步了一點，尤其她很善於表現各種物質的觸感，布的柔軟、手的粗糙、瓷貓的光滑、生鐵鉛筆盒的硬冷，在升上六年級以前，她的才華已經完全展現。

4

繪畫中有很近於遊戲的層面，因此我也讓大家「試玩」水墨、水彩這些不同的質材，有趣的是小學生對水墨畫的興趣最濃，我猜這也許是不用正襟危坐地臨摩顏柳，「鬼畫符」的自在之樂取代了毛筆的歷史感與嚴肅性，最適合小朋友的心境。而恣意的想像、留白的無限意境，南宗畫派深深地保留了藝術世界中童心未泯的那個部份，若加上自己謅的歪詩、橡皮有圖大之心也」。高手與庸手之分，最大的差別除了分辨大小外，最重要的是高手的棋懂得「補」，他不用侵消擾亂敵方，只須補強自己的弱點，敵方往往就自我崩潰了；而庸手一味想佔地想攻殺，像拿著大刀狂舞的莽漢，貌似驚人，但高手只消欺上前去往他腰脅輕輕一撞，登時一條七尺大漢就委頓在地上了。從這個思想出發，《棋經》有「善勝敵者不爭，善陣者不戰，善戰者不敗，善敗者不亂」之論，說的已經不是運子之術，而是爲人處世的道理了。

這條理論影響了近代圍棋，日本棋手最在意研究佈局，以「陣」來制伏對手，什麼是「陣」呢，就是一種「似虛而實」的子力結構，零零落落的數子散在棋盤上，彼此間卻有衝不破、打不斷，彼此呼應的玄機。這類高手不去蠻吃對手的棋子，虛實呑吐之間，讓對手陷於是否該馳突破陣的猶豫，但高手對陣，一稍猶豫便失先機，刹那劍芒一閃，勝負就分了出來。不過近年中韓高手卻著意力戰，憑藉李元霸的神力悍然入陣，盤打騰挪，破盡日本風林火山的各種陣法。這種以局部技術取勝的棋獲得了成功，「競技圍棋」讓銳意追求美學、意境、天份與人生觀的「藝術圍棋」走到了盡頭，有人說這是文明被野蠻所征服，但我想這可能是近代日本棋士，在「陣」的體會上，還沒有到達「善」的至境吧。

除了技術層面的說明，《棋經》和孫武一樣，認爲決勝之道有時是在棋盤外的心理因素，像「持重而廉者多得，輕易而貪者多喪」、「能畏敵者，強；謂人莫若己者，亡」、「安而不泰，存而不驕」，這些話都是人生的座右銘，多讀讀《棋經》，棋雖不見進步，但人生已有不同的想法了。

第五課：難關

一盤棋可以約略分爲：佈局、中盤、官子三個階段，在佈局與中盤間的那個過程又可稱爲「序盤」，中盤的尾聲到官子的前段可稱爲「大官」，最後的地方則是「小官」、「單官」。我有時很想問問一流的國手，整盤棋以哪一個階段最困難呢？很多人可能都說是佈局，因爲棋盤上空無一子，等於是要從零開始構思，愈到後來子愈多，因勢利導，思路反而單純。

不過就我個人體會，「序盤」應該是最難的地方，就人生來說，那是一個即將踏入中年的時刻。回顧佈局，也就是童年與青年的時期，如果稍稍落後，要如何在這一階段挽回呢？是去補個英文，考個證照什麼的，還是靜觀其變，等待機會呢？如果是稍有領先，那麼要如何維持或是擴大優勢呢？死命地守住老本好像太消極，展開冒險與投資又好像太積極。在人生裏，隨順自然也就安然度過了；但在棋盤上，卻必須在幾分鐘內審度局勢，決定方針，想好計畫，著手執行，而且很快地就可以知道這些籌策是對是錯，比起來，棋是較人生更嚴格的老師。

不過說是「難關」，那畢竟是「心」的問題，我們最終要問自己的是究竟想要哪一種人生。金庸在《倚天屠龍記》第一章裏描述崑崙三聖畫地自弈：「白棋佈局時輸了一著，始終落在下風，到了第九十三著上遇到了個連環劫，白勢已岌岌可危，但他仍在勉力支撐……」旁觀的郭襄忍不住脫口而出：「何不逕棄中原，反取西域？」這個難關便似度過了。只是我們迷於局面的時候太多，而能給予棒喝的人卻很少，悠悠長路，往往是從一個難關開始的。

第六課：遺憾

村上春樹在《一九七三年的彈珠玩具》中引用《得獎燈》的話說：「彈珠玩具機不會帶你走上任何地方，只有『再來一次』的燈又亮起來而已。」他寫的是一種自我縮小進一個無意義世界的孤獨感，換句話說，他認爲「永劫性」的悲哀存在於每一件事物中，只是「彈珠玩具」將之特別清楚地展現出來而已。然而每當讀到這一段，我便想起了圍棋。圍棋也是這麼孤獨與悲哀的嗎？

下棋除了以勝敗之追求來做爲消閒外，我認爲其中還有一點求道的意味。彈珠遊戲機或任何電玩，其分數總是有盡頭，也就有「破關」這個概念在，但圍棋卻因對手不同而無止無盡，圍棋的「關」在我們心中，而「心」是像永恆那樣無止盡的，因此圍棋的「關」也是無止盡的，向每一位對手每一次對弈求道，也就是向內心深處叩問。

在困局中，要堅持還是放棄呢？在算不清的細微勝負處要逞強還是退讓呢？每一手棋，是不是都是最好的決定呢？這些答案已超越了棋力，而是心的執著在什麼地方，也因此一局棋無論是輸是贏，必然都會留下一些悔恨。高手下完棋後都要「覆盤」，表面上是在研究更好的下法以求增益棋力，但實際上，那是一種消解遺憾的方式，失敗不是一次無心之過，而是在某個地方便埋下的種子，而那種子，則是自己對某些概念的體會，對「棋」這個東西本身的解讀和覺悟。偉大的棋士說過：「圍棋是遺憾的藝術。」那不僅是說如何避免遺憾，而是當強烈的遺憾產生時，我們應當如何自處。

《大涅槃經》說人生的苦，源於：生老病死、求不得、怨憎會、愛離別等，但「痛失好局」的苦，絕非在這些之下，也不是往後贏了多少局的樂所能彌補的。圍棋的最後一課，是讓下棋的人明白無論多麼謹慎，多麼有能力，都不免留下巨大的遺憾，那是因爲我們的心太脆弱，也是因爲世事太過無常。因此當心中被幽微的苦悶所佔滿，蒼天昊昊，六合無言，如何將這種感受化爲一種美麗境界，那是生命最終能否自由的最後一個問題。

第七課：對局

「多少事，從來急；天地轉，光陰迫。一萬年太久，只爭朝夕。」這是毛澤東在一九六三年寫給郭沫若的《滿江紅》。棋最重要的就是親自去下才能明白其中的奧義，形而上的部份，就留待萬年以後；所有的樂趣，要從「只爭朝夕」的念頭中展開。

請記得，開始前要拭淨棋盤，結束後要收好棋子，中途手機最好關掉，座位應選靠窗，窗外如果有樹，沉思寄於浮雲。勝者要說：「承讓」；敗者要說「學了很多」，這樣，很輕鬆地就可以享受圍棋的快樂了。

九歌文庫 1124

綠櫻桃

作者　徐國能
責任編輯　陳逸華
發行人　蔡文甫
出版發行　九歌出版社有限公司
臺北市105八德路3段12巷57弄40號
電話／02-25776564‧傳真／02-25789205
郵政劃撥／0112295-1
九歌文學網　www.chiuko.com.tw
印刷　晨捷印製股份有限公司
法律顧問　龍躍天律師‧蕭雄淋律師‧董安丹律師
初版　2013年1月
初版4印　2024年1月
定價　300元

書號　F1124
ISBN　978-957-444-865-4
（缺頁、破損或裝訂錯誤，請寄回本公司更換）

國家圖書館出版品預行編目資料

綠櫻桃 / 徐國能著. – 初版. --
臺北市：九歌, 民102.01

面；　公分. -- (九歌文庫；1124)

ISBN 978-957-444-865-4(平裝)

855　　101024646